プラチナ文庫
Platinum Label

可愛い弟のつくりかた

渡海奈穂

"Kawaii Otohto no Tsukurikata"
presented by Naho Watarumi

プランタン出版

目次

※本作品の内容はすべてフィクションです。

可愛い弟のつくりかた

1

ノートパソコンの電源を切ったところで壁の時計を見上げると、すでに六時を回っていた。あと三十分足らずで最終下校時刻だ。

生徒会室の中には、もう自分以外の生徒の姿はない。天川洸《あまかわこう》は軽く伸びをしてから立ち上がり、荷物を持って廊下に出ると、ドアを施錠して、職員室へと向かった。

「あ、天川」

職員室のキーボックスに生徒会室の鍵を返していたら、クラス担任の男性教諭に声をかけられた。

「生徒会か？　遅くまでご苦労様」

「いえ、来月のスピーチの原稿を作るためにパソコンを借りていたんです」

洸は愛想よく微笑みながら、中年の教師に伝えた。

「ああ、英語の弁論大会のか。大変だな天川も、あっちこっち駆り出されて——で、そうそう、この間の全統模試の結果なんだけどな。また学校一位で、あと県でも三位だったぞ。これで連続五位以内だから、来週頭の全校朝礼で、校長先生から結果の報告のあと、天川の方からも挨拶してほしいんだ」

そう言って、教師が洸を手招くと自分の机に向かい、棚から模試の成績表を取り出した。

「県、三位――」

手渡された用紙を受け取ってそれを見下ろしながら、洸は口の中で呟《つぶや》く。

そのあと、そっと溜息《ためいき》が漏《も》れた。

「やっぱり国語で躓《つまず》くな……」

「県十位以内の生徒が出るのが、三年ぶりだからなあ。他の先生方にも羨まれてるよ、自分も天川の担任になりたかったたって」

洸の溜息には気づかず、担任教師は上機嫌だった。

「村井《むらい》先生は狡《ずる》いわ、万貴《まき》の担任もやってたじゃないですか、二年の時」

近くにいた担任と同年代の女性教諭が、実際羨ましげに口を挟む。

「いやあ、でも手柄はやっぱり、三年次の担任の先生が持ってっちゃいますからねえ」

「天川君、お兄さんは元気？　たまにはこっちに顔見せなさいって言っておいてね」

「はい、伝えておきます。挨拶の件は了解しました」

微笑んで、洸は担任と女性教諭に向けて一礼すると、職員室の出入口に向かった。背後で、小声になった教師たちの声が聞こえてくる。

「本当に天川君は、万貴にそっくりねえ。出来といい、雰囲気といい」

「不思議と容姿も似てくるもんですなあ、やっぱりお手本が近くにあると、いい影響を受けるもんなんでしょう」

洸は教師たちの会話に口許を緩めかけてから、手に握ったままの用紙のことを思い出して、その笑みを引っ込めた。

職員室を出て、昇降口に向かって廊下を進む途中、校長室とプレートのついた部屋の前で、ふと足を止める。正しくは、校長室の前に置かれたガラスケースの前でだ。

ケースの中の棚には、課外活動で活躍した者のトロフィーや、賞状やメダル、記念写真などが飾られている。二十年ほどの歴史を持つ高校で、黄ばんだ古い表彰状などは下の方に、上に行くほど年代が新しくなり、洸が目を留めたのは、その最上段。身長百七十四センチメートルある洸の目線の、ちょうど真ん前のあたり。

ジャージ姿の男子生徒十数名が並んで映った集合写真の下に、『男子テニス部　全国選抜高校テニス大会　関東地区予選優勝記念』と文字が印刷されている。前後二列になった生徒の後列真ん中で、大きなトロフィーを手に明るい笑顔を浮かべている人が、一際目を惹《ひ》いた。日付は今から四年前。

（そんな、似てるかな）

写真はそれほど大きく引き伸ばされているわけでもなく、人数もあるので、真ん中の生徒の顔立ちは、ガラスケースから一歩離れた位置だとはっきり見えない。

でも、とても目を惹く。笑い顔の華やかさのせいか、真《ま》っ直《す》ぐに立ちトロフィーを手にする姿勢の美しさのせいか、彼のまとう雰囲気の端正さのせいか。

（……似てるといいな）

じっと写真を眺めていた洸の耳に、大股に歩くサンダルの足音が届いた。音のした方を見遣ると、ジャージ姿の大柄な男性教師がこちらに歩いてくるところで、洸は姿勢を正して相手に会釈した。

「おう、天川、今帰りか」

「はい、すみません、今日も練習に出られなくて……」

「いい、いい、サボりなら許さんが、地域代表のスピーチだろう。しっかりやれよ」

洸を見てそう言ってから、教師もガラスケースに目を移した。

「万貴か」

教師には、洸の見ていたものが何だったのか、すぐにわかったらしい。彼は洸の所属する男子テニス部の顧問だ。

「はい。やっぱり関東大会優勝は、すごいなと思って。俺たちはもう、今年はインハイも駄目だったし」

「万貴の代は、特別だよ。ウチの学校の運動部で全国大会出場なんていうのが異常で、おまえが総体の県予選まで進めたのだって、部だけじゃなく学校全体でも四年ぶりの快挙だったんだぞ。これからも頑張れよ」

ぽんと洸の肩を叩いて、テニス部顧問が去っていく。

洸もその場を立ち去ろうとして、その前に、もう一度だけガラスケースの中の写真を見遣った。

万貴は、特別。顧問はそう言った。クラス担任も、他の先生方も、口を揃《そろ》えて言う。

天川万貴は特別だと。

(――そう、あの人は、特別だ)

大人たちの賛辞を思い出し、どこか誇らしげな気分で、万貴はようやく昇降口へと向かった。

◇◇◇

学校から帰宅すると、珍しく母がいた。洸の母は会社勤めの忙しい人で、平日の七時前に在宅していることなんて、滅多にない。声をかけると、たまたま仕事が早く終わったとのことで、台所で水仕事をしていた。

二階の自室で制服を着替えてまた居間に降り、夕食の支度を手伝う前に、洸は母に模試の成績の話をした。子供の頃から、成績については包み隠さず親に話すことになっている。

「あら、学校一位？　すごいじゃない。もっと早く言ってくれれば、せっかく早く帰ってこられたから、今晩は洸の好きなものを作り足したのに」

両親共に忙しいので、普段の食事は手の空いた時に母が作り置きしたり、仕出しを頼んでいる。母は偶然空いた時間で、せっせと料理を作り足していたようだ。

「大袈裟《おおげさ》だな、学校で一番なのは別に初めてじゃないし……それに、県では一番じゃないし」

洸が少し落ち込んだ風情で言うと、母が目を丸くした。

「学校一位は立派なものだわ、県三番だって、大変なことよ。洸はいつもお勉強頑張ってるんだから、もっと喜んだらいいのに」

母が言った時、玄関のドアチャイムが鳴った。

洸は、俯《うつむ》きかけていた顔をパッと上げ、玄関の方を振り返る。

「兄さんかな。鍵開けてくる」

小走りに玄関に向かい、洸はいそいそ、という仕種《しぐさ》で鍵とドアロックを外し、ドアを開けた。

ドアの向こうに、長身の男が立っていて、洸の顔を見ると笑いかけてくる。

「ただいま」

現れたのは、洸が学校のガラスケースの中に飾られた写真で見た人だ。

写真よりも四年分年を重ねた、大学三年生になる、洸の兄。

「おかえりなさ――」

笑い返した洸は、万貴の後ろにもう一人分の人影があるのに気づいて、口を噤《つぐ》んだ。

「また杉井《すぎい》を連れてきたよ」

万貴が背後の友人を連れて三和土《たたき》に入り、沓《くつ》脱に片脚をかけたままだった洸は、後退《あとずさ》るように廊下に上がった。

「……おじゃまします」

万貴の後ろで靴を脱ぐ順番を待ちながら、万貴と同じくらい背の高い男が、洸に向かってぺこりと頭を下げた。

洸は、一瞬の落胆を無理矢理胸の裡《うち》にしまい込んでから、杉井に向けて微笑んだ。こんばんは、と挨拶する。

万貴と杉井はひとまず二階の万貴の自室に向かい、洸は居間に戻った。

「万貴さん？　杉井君も一緒だったでしょ」

料理を続けながら母が言う。どうやら彼女は先に連絡を受けて、兄が友人を連れ帰ることを知っていたようだ。

「杉井君の分もお箸《はし》とお茶碗《ちゃわん》出してね。お父さんは遅くなるみたいだから、先にいただいちゃいましょ」

母に言われて四人分の夕食の支度を洸が手伝っているところに、荷物を置いた万貴と杉井が降りてきた。杉井が母に来訪の挨拶をしている。礼儀で言えば家にあがってすぐに挨拶をするべきだろうが、杉井はもう何度も天川家を訪れているので、堅苦しいやり取りは省かれている。

「すぐに支度するから、向こうのソファで座っててね、杉井君」

「手伝うよ、お母さん」

「万貴さんが働いてたら、杉井君が居心地悪いでしょ。洸さんがやってくれるから大丈夫よ」

「そっか。ありがとうな、洸」

万貴が笑い、ちょうど茶碗を手に近くを通りがかった洸の頭に、手を乗せてくる。洸は口許では笑いながら、『客がいるのに子供扱いをするな』という思いを込めて、軽く万貴を睨《にら》んだ。万貴が少し大袈裟に肩を竦《すく》めて洸から手を離す。

そんな仕種が、万貴にはびっくりするくらい似合う。

(何やっても格好いい)

別に染めてるわけじゃないのに明るい色合いの髪、生粋の日本人なのかと疑わしくなるくらいには彫りの深い顔、でも濃いというわけではなく、とにかく端正な作りをしている。背が高くて手脚が長く、そもそも体格に恵まれているのに、姿勢がいいので余計にスタイルのよさが際立っていた。芸能人でもなくただの大学生だというのが冗談みたいで、何度か雑誌に載ったり、テレビの街頭インタビューで声をかけられたことがある。高校三年生の夏期講習だけ通っていた予備校で、宣伝のためのチラシやウェブページに写真を使われて、『あれはどこの事務所のタレントだ』と予備校の広報部にいくつも問い合わせが来たとかどうとか。

どこにいても、何をしていても、人目を惹くのが天川万貴という、洸の兄だった。

(それに比べて……)

夕飯の支度を手伝いながら、ちらりと、洸はソファに腰を下ろす兄の友人を見遣った。

杉井は別に不細工ではなかったし、まあまあ整った顔立ちなのかもしれないが、全体的に凡庸《ぼんよう》というか、とにかく地味だった。座っているだけで華やかな雰囲気が零《あふ》れ出る万貴と並んでいるせいもあるのかもしれない。

（何であの人が、万貴の友達なんだろう？）

内心で洸は首を捻《ひね》る。万貴と杉井は高校時代の同級生で、同じテニス部にいた。あの写真、万貴の隣に杉井も写っている——はずだ。本当に地味なので、いつも洸の目には留まらないが。杉井は大学も万貴と同じ、学部も同じで、だからこうして一緒にいることも多いようだ。

（……何であの人を、万貴は親友って言うんだろう）

万貴は社交的だから、友人知人は山ほどいるし、万貴と仲よくなりたがっている人も大勢いる。その中で、杉井だけを『親友』と呼ぶのだ。

洸にはそれが、いつも納得いかなかった。杉井は気の利いたことを言うでもなし、愛想もないし、およそ長所というものがみつからない。

（万貴ならもっと、格好よくて、賢そうで、鷹揚《おうよう》な人が似合うのに）

と思っても顔には出さず、兄の『親友』にも、他の誰に対する時とも変わらぬ愛想のいい笑みで応対するのだが。

支度が出来たので、杉井を含めた四人で夕食をはじめた。杉井はあまり喋《しゃべ》らず、天川家の三人もそれほどお喋りな性格というわけではなかったので、話題をみつけてくれるのは主に万貴だ。

「それで、週末までに仕上げなくちゃならない課題があるから、食べ終えたら部屋に行くよ。適当にしてるから、俺と杉井のことは気にしないでください」

「そう、なら、冷蔵庫に飲みものと甘いものが入ってるから、万貴さんと杉井君で、好きに食べてね」

万貴と母の間にほんの少しだけ遠慮のようなものがあるのは、万貴が母の再婚相手の連れ子だからだ。洸は母の実子なので、つまりは万貴と血の繋《つな》がりはない。義理の兄弟だった。

「そうだ、洸さんね、模試で学校一番だったのよ」

再婚相手の連れ子のことを母は「万貴さん」としか呼べず、それでは実子との差がついてしまうと悩んだ挙句、洸の方まで「洸さん」と呼ぶようになった。

そしてその母が嬉しそうにそんなことを言い出すので、洸は慌てた。

「母さん、全然、自慢にならないから」

隣に座っている母を、小声で諫《いさ》める。

万貴は弟の成績を聞いて、顔を綻《ほころ》ばせた。

「頑張った結果なんだから、自慢すればいいだろ」

母と同じようなことを、万貴が言う。

（全国一位を何度も取ったって自慢なんかしなかった万貴の前で、何で県三位が自慢できるんだよ）

思ったことを、洸は口には出さず、困った顔で笑った。

「国語の点数が低かったんだ。マーク式なのに点取れないなんて、落ち込むよ」

「他の科目はよかったんだろ？　それに、国語がものすごく悪かったら、その順位になるはずがないし」

「多分、古文と漢文で引っかかってるんだと思う、苦手なままだし……」

「まだ二年生の春なんだから、焦る必要ないんだぞ？」

兄から宥《なだ》めるように言われて、洸は少ししょんぼりとした気分になる。それを相手に悟られたくなくて、ただ笑った。

「うん、地道に、頑張る」

そう、もっと頑張らなくては――と思いながら、洸は夕食を口に運んだ。

◇◇◇

食事を終えて、兄とその友人は自室へ引っ込んだ。洸も、後片付けはいいからという母の言葉に甘えて、二階へ向かう。

万貴の部屋は、廊下を挟んで、洸の部屋の向かい。すでにドアが閉まり、万貴と杉井のいる中の様子は見えない。

（見たところで、大学の勉強してるんなら、俺にはわかんないだろーけど）

万貴は大学でシステム工学とやらを勉強していて、万貴の部屋にある本やレポートをこっそり見てみたことがあるが、洸には具体的に何をやっているのかよくわからなかった。

自分はその程度の頭なんだよな、と思う。

（そりゃ古文と漢文が足引っ張ってるから、文系に比べたら俺も理系の方がまだマシだけど、それも試験対策してやっとだもんなあ）

とにかく勉強をしよう、と自室に戻ってからすぐ学習机の前に座ったものの、模試の『県三位』という結果を思い出してはもやもやして、開いたテキストに集中できなかった。

頬杖《ほおづえ》をついて、溜息を零す。

（俺は出題傾向とか気にして必死になってやっと県三位で、万貴は試験勉強なんかしてなかったっぽいのに……）

洸は、万貴みたいな人を天才というのだろうと思う。自分はいいとこ秀才風味だ。秀才ですらない。毎日家でも学校でも、通学中にもあくせく勉強して、やっとそこその結果を出せる。

でも万貴は、大学受験の時でも泰然自若としていて、のんびり読書をしたり、テレビゲームをしたり、家事の手伝いをしたり、外へ遊びに行ったり、バイトまでしたり、洸を構ってくれたりしていた。

それで、第一志望にも、力試しのために受けた学校にも、全部受かった。そしてやりたい勉強があるからと、一番ランクの高い大学を蹴って、今の大学に入った。

(二年間も生徒会長やって、部活でも結果出して、他の活動もいっぱいやってたんだもんな……)

結局洸は机の上に突っ伏した。自分と万貴の差について考えると落ち込む。洸も今期から生徒会長に選ばれたが、一年の後期から会長だった万貴にはもう追いつけない。

部活も、県大会で上位に食い込むのがせいぜいで、その他の課外活動だって、万貴みたいにたくさん賞状をもらうことはできないだろう。

万貴はいつも一等賞で、自分はせいぜい佳作とか、審査員特別賞。

なのに万貴はいつでも洸を褒めてくれるから、余計に相手との差を感じて切ない。

「もっと頑張らなくちゃ……」

洸はいつだって万貴を追い掛けている。

出会った時から、万貴と一緒にいたくて、隣にいたくて、ずっと必死だった。

(もう六年か)

何となく、洸は万貴と初めて会った時のことを思い出した。洸が小学五年生、万貴が中学三年生の秋頃の話だ。

洸の父親は、洸が物心つく前に病気で亡くなった。母の実家が裕福だったのと、入院や手術を繰り返す夫に代わってばりばりと働いていた母の稼ぎで、母子二人の暮らしは金銭的には恵まれていた。

しかし洸のためにもそろそろ再婚してはどうか、という周囲のすすめもあって、遠縁のつてで見合いをすることになった。

その相手が万貴の父親だ。

万貴も、母親の方を、当時の洸と同じ年頃に交通事故で亡くしている。以来父子家庭で育ってきたが、子供ながらに家事や炊事を手伝い、学校の成績もいいしっかりした子なのだと、見合いの前に洸も聞かされていた。父親の方も、亡くなった奥さんと子供を大切にしている優しい人なのだと。

それでも母の見合いの話を聞いた時、洸は猛反発した。新しいお父さんなんていらないし、お兄さんなんてもっといらない、と泣いて不貞腐《ふてくさ》れて、母や、面倒を見てくれていた祖父母を困らせた。

　あまり覚えのない父親の代わりになる人を拒んだわけではなく、単純に、「お母さんを取られるみたいでやだ」と拗《す》ねたのだ。仕事で忙しい母親に、まだずいぶん執着を覚える年頃だった。

　それに、みんなが「新しいお兄さん」をやたら褒めることも、気に食わなかった。その頃、洸はとても我儘で、学校でも悪戯をしては先生に叱《しか》られ、勉強が大嫌いで授業中も遊んでばかり、宿題はしない、テストは回答ではなく落書きをして出すという、本当に最悪なクソガキだった。

　家でも暴れ回ってお小言ばかり食らっていたから、「マキさんはとても成績優秀で、家のお手伝いをきちんとするいい子だそうよ」などと聞けば、遠回しに自分が諫められているようで、おもしろくなかった。

　だからお互いの子供を含めた四人で顔合わせをすると言われ、ホテルのレストランに連れていかれる途中、洸は母の手を振り切って逃げ出した。

　エレベーターを降りたところで非常階段に飛び込み、母が慌てて制止する声を無視して駆け下りた。

それでも、ホテルを出て行方知れずになるほどには悪ガキではなく、度胸もなかったから、一階のラウンジに潜《もぐ》り込み、飾られた大きな植木鉢の影にこそこそと隠れた。

自分では身を隠しているつもりだったが、もちろん周囲からは丸見えだっただろう。

「ボク、一人かな?」

カフェの女性スタッフにやんわりと声をかけられてしまった。

「迷子ならお母さんを探そうか」

高級ホテルのラウンジは、コーヒー一杯で千円を超えるメニューしかない。その日の洸はそれなりに身ぎれいな格好をさせられていたが、小学生がひとりで利用するような場所ではなかった。ましてや、子供がかくれんぼをするようなところでもない。

遠巻きに退場を促すスタッフの声音は優しかったが、洸は侮《あなど》られたようでムッとした。

「ケーキ食べる」

そう言って、スタッフを睨むと、少し困った顔をされた。

「ケーキ食べるって言ってんだろ! あそこの全部、持って来い!」

ケーキの飾られたショーケースを指さし、子供特有の甲高い声を上げると、周りの客たちの怪訝《けげん》そうな目が洸に集まった。黒服を着た男性がこちらに近づいてくるのが見えて、洸はさすがに「やばい」と思ったが、引っ込みがつかなかった。

「お客様、ちょっと、こちらへ――」

やってきた黒服に腕を摑《つか》まれ、怯《ひる》んだ時。

「すみません、弟が、何か」

背後から、そんな声が聞こえた。

咄嗟《とっさ》に振り返った洸の目に見えたのは――学校の制服らしきブレザーを着て微笑む、とても、とても綺麗《きれい》な少年だった。

多分洸だけではなく、女性スタッフも、黒服も、周囲の客たちも、みんなが彼に目を奪われたはずだ。

ぽかんとしている洸を見下ろして、彼がにこりと笑ってみせてから、スタッフの方に向き直った。

「二名です、案内していただけますか？」

特に女性スタッフの方が彼に見惚《みほ》れた様子で、それにどこかほっとしたふうになりながら、洸と彼を空いている席に案内してくれた。メニューを置いて去っていく。

「洸君だよね」

座り心地のいい一人がけのソファに、丸いガラステーブルを挟んで座った彼が、微笑みながら訊《たず》ねてきた。

洸は頷《うなず》くのも忘れて、ただただ彼にみとれた。

お母さんは美人だったし、クラスに可愛《かわい》い女子もいるけど——男で、こんなに綺麗で、そのことに声が出なくなるくらい驚くような人がいるなんて。

「俺は、万貴だよ。聞いてるかな、天川万貴。君のお父さんになる人の息子」

「……」

「だから、君のお兄さんになる予定なんだけど……」

びっくりして身動きが取れずにいただけなのに、万貴はもしかしたら、洸が反発して黙り込んでいると思ったかもしれない。顔合わせを逃げ出したのだから当然だ。

「弟ができるって聞いて、すごく楽しみにしてたんだ。うちは父親と二人きりだったから」

万貴は洸の方に軽く身を乗り出して、真摯《しんし》な口振りで言った。

万貴は本当に、洸が学校で見る誰とも、近所で見る誰とも、まるで違った。顔が綺麗なだけじゃなくて、喋り方とか、座り方とか、仕種のひとつひとつが、洸がみとれ、うっとりするようなものを持っている。万貴に比べたら自分なんか動物園にいる猿みたいだと思ったら、洸は急にさっき騒ぎ立てたのが恥ずかしくなって、萎《しお》れた。

しょんぼりと俯く洸の方に、万貴がメニューを差し出してくる。

「ケーキが食べたい？　あれ全部は食べきれないだろうけど、食べられる分は頼んでいいよ」

そう言われるが、洸は変に胸がいっぱいになっていて、食欲なんて吹き飛んでいた。首を横に振ると、万貴は「じゃあ飲み物を頼もうか」とドリンクのページを開いて、外国語で書かれて洸が読めなかったものを、ひとつひとつ読み上げ、どんな飲み物なのか説明してくれた。

そこでもう、完全にやられた。

あとあと考えてみれば、英語で書かれているとしてもせいぜいがとこCOFFEEだの、ASSAMだの、ORANGE程度で、中学生なら読めて当然だったのだが、勉強嫌いな小学五年生にしてみれば、「すごい……頭いい……！」とやたらに感動してしまった。

しかもカフェなんて入ったことのない洸には、カフェマキアートがどんなものか、アールグレイがどんな匂いなのか、さっぱり見当もつかず、それをすらすらと説明してくれる万貴が、とてつもなく賢い人に見えていた。

飲み物を飲んだあと、洸は母に怒られるのが嫌でぐずぐずしていたが、「叱らないように頼んであげるから」と差し出された万貴の手に摑まって、ふたたび階上のレストランに向かった。

万貴と手を繋ぐと、「お母さんに怒られる……」という怯えより、安心と嬉しさの方が勝って、洸は何だかそわそわした。

万貴のおかげで（少なくとも、その場では）母に叱りつけられることもなく、洸はどうにか予定どおり顔合わせに参加した。

母と万貴の父はすでに何度か会っていたようで、この日は主に子供同士の顔合わせの意味合いが強かったらしい。

万貴が学校で一番の成績だとか、小学生の頃から児童会長、中学でも生徒会長をやっていたり、スポーツでもあれこれ活躍していることなどを、彼の父親と、すでに話を聞いていた自分の母から聞かされて、洸は素直に聞き入った。

「洸も、元気で、お友達がたくさんいるんですよ」

母は息子の惨憺《さんたん》たる成績については触れず、褒められる部分を口にした。元から、勉強をやらないことを叱りはしてもできないことを責めたりせず、他の子供とは比べないタイプの母親で、洸はそれにずいぶん救われてきたものの、この場ではひどく恥ずかしかった。

（マキと俺、全然違う）

やっぱり自分は猿で、万貴の方は孔雀《くじゃく》か何かだ。そう思った。出かける前に庭で泥遊びをして、爪にその泥が入ったままなことに気づいて、洸は居たたまれない気分でぎゅっと手を握った。

鼻の頭にかさぶたがついているのも、膝小僧が擦《す》り傷で赤くなっているのも、恥ずかしくて仕方がない。

（どうやったら、マキみたいになれるんだろ……）

洸は万貴が眩《まぶ》しくてまともに顔を見られず、話しかけられてもぶっきらぼうに小声で応えることしかできなかったのに、隙さえあれば向かいに座る彼をちらちらと盗み見た。

目が合うと万貴は笑ってくれて、その笑顔がまたキラキラして見えて、本当はもっと間近でまじまじ見たい気分だった。

でも自分は、万貴と比べてあまりにみっともない。家族以外の周りの大人曰《いわ》く、バカだし、ソボウだし、ワガママだし、いいところが全然ない。

なのに万貴は別れ際、

「洸君みたいないい子が俺の弟になってくれたら、本当に嬉しいな」

と言って、頭を撫《な》でてくれた。

そして顔合わせを終えたあと、誰よりこの再婚話に賛成するのは、洸になった。意地を張る余裕もなく、もし話が流れて別の人が万貴の弟になったらと焦って、母に『絶対結婚して』と繰り返しせがんだ。

そもそもネックになりそうなのは洸の反抗だけだったのだから、その後はトントン拍子だ。

洸は母と一緒に祖父母の許を離れ、苗字が変わり、天川家で暮らすことになった。

それから、六年。

（全然近づいてる感じがしないんだよなあ……）

机に突っ伏したまま、洸はまた溜息をついた。

万貴と出会った日から、洸は無闇に暴れ回るのをやめ、授業中もきちんと先生の話を聞くようになり、我儘《わがまま》を言わなくなった。

天川の家に移るために転校したので、新しい学校の先生はきっと「行儀のいい子だな」と思ってくれただろうが、以前の学校の先生がそんな洸の姿を見たら、驚いてうろたえるか、嬉しくて号泣するかだろう。

とにかくそれから、洸は万貴の姿をお手本に、とことんその真似をした。それ以外に万貴に追いつくやり方がわからなかった。万貴が読んだ本を読み、お下がりの衣服はもちろん喜んで身につけ、死に物狂いで勉強をして同じ私立中学に通い、同じ高校に入学して。

転入生なので児童会長は無理だったが、中学では生徒会活動をして、テニス部に入り、勉強にも励んだ。高校でも同じだ。万貴の軌跡を辿るように、同じ生徒会、同じ部活、英語スピーチや読書感想文コンテストなど、義務ではない活動にも積極的に取り組んだ。

そして結果は――そこそこだ。

元々のできは、案外そう悪くなかったんだと思う。やらなかったからできなかっただけで、やれば一定の成果は出る。

でもやっぱりどうしても、万貴のレベルには到底及ばない。影に日向に、洸がこの六年で続けている努力は、死に物狂いと表現していいくらいなのに。逆に言えば、死に物狂いで努力したって、悠然とそれをやってのける万貴とは並べない。

強く深く憧れて、大袈裟ではなく洸の人生を変えた人と、同じようにできない。

そういう自分に、洸はいつもひどく落胆するのだ。

（いや、落ち込んでる暇があったら、もっと頑張らないと）

机から体を起こした洸は、何となく振り返り、背後のドアを見遣った。万貴は杉井と勉強中のはずだ。

（……いいよな、杉井さんは、万貴と同い年ってだけで一緒に勉強ができて）

洸は万貴から勉強を教わることがあっても、同じものを一緒に学ぶことはできない。

さっき万貴は大学の課題と言っていた。一緒に課題をやると言うのだから、万貴と杉井は共同で勉強とか、研究をしているのかもしれない。

（どんな話してんだろ）

自分がわからないことを教わる時以外、万貴が勉強している時は近づかない、というのが洸が自分に課したルールだった。普段のんびり過ごしている万貴が勉強をしているのなら、それは必要なことをやっているからだ。洸は万貴と同じ高処を目指しているのであって、万貴を自分の方に引っ張り寄せることで近づくような真似は、断じてしたくなかった。

それで、洸は勉強中の万貴がどんなふうかを知らない。

なのに杉井は自分の知らない万貴を知っているんだと思ったら、ひどく不愉快だった。

洸は椅子から立ち上がり、ドアの方に近づいた。自分の部屋の内側から、ぴったりと耳をドアにあて、息を潜《ひそ》めてみる。

「……」

しばらくそうしてじっと耳をそばだててから、唐突に「何やってんだ俺は」と我に返り、机の方に戻った。まったくバカみたいだ。廊下を挟んで向かいの部屋なのに、会話を盗み聞きしようとしたって無理に決まっている。この家の作りはしっかりしていて、余所の部屋の音はほとんど聞こえない。

それに、盗み聞きなんて狡いやり方だ。バカだし格好悪いなあ、と思って、洸は結局机には戻らず、ベッドで仰向《あおむ》けに転がった。

（いっそ、杉井さんじゃなくて、彼女とか連れてくるんだったらよかったのに）

万貴は今まで何度か女性を家に連れてきたことがある。何度か、というか、洸は正確に覚えているが、連れてきたのが三人で、それぞれ最初に現れたのが、高校一年生の夏休みに、三年生の六月、大学二年生の九月。彼女、とはっきりとは言わなかったが、どう見ても彼女だった。万貴の友人が遊びに来る時、大抵は杉井一人か、杉井を含めた男女複数人で、女性のみ一人を連れてくることは滅多にない。だから、そういうことだとわかる。

(でも、三人だ)

つまり洸が知る限りでも、万貴の彼女は二回変わっている。長く見積もっても、二年と少しで別れている。

でも、杉井はずっと杉井一人だ。万貴が高校一年生の時から五年間。出会った時期こそ洸の方が早いが、高校大学と同じところに通い、部活もゼミもクラブも同じだというのだから、明らかに杉井の方が万貴といる時間が長い。

(……いいなあ)

羨望の他に、嫉妬染みた気持ちが自分の中に宿っていることを、洸は一応自覚している。母の見合いの話が出た時と一緒だ。お母さんを取るなよ、とあの頃思ったように、万貴を取るなよと、杉井や、杉井以外の万貴の友人や恋人にもいちいち思ってしまう。

(俺のお兄ちゃんなのに)

小学生の頃ならともかく、高校生にもなって、子供染みている。

自分でもそう思うが、おもしろくないものは仕方がない。

同い年に生まれたというだけで当たり前のように万貴の隣に立てるヤツらを狡いと思ってしまう。こっちは、万貴を追い掛けるだけで必死なのに。

などということをつらつら考えていたら、ドアの向こうで、物音がした。万貴の部屋のドアが開く音だ。

「……じゃあ、行ってくる」

少し憮然《ぶぜん》とした調子で聞こえたのは、杉井の声。

洸は急いでベッドを飛び降り、足音を殺して、さっきと同じように自分の部屋のドアにぴったり耳をつけた。廊下を、誰かの足音が階段の方へと遠ざかる気配。

「行ってらっしゃい」

万貴の声は近くで聞こえた。少しして、ドアを閉ざす音。

洸はまた急いで学習机に向かい、拡《ひろ》げていたテキストをまとめて摑むと、自室を出た。

遠慮がちに、万貴の部屋のドアを叩く。すぐに万貴が顔を覗《のぞ》かせた。弟を見て小さく首を傾《かし》げている。

「ん？　どうした？」

「杉井さん、帰ったの？」

「いや、ちょっとコンビニまで買い出しをお願いしたところ」

何だ、と洸は少しガッカリした。てっきり勉強が終わって杉井が帰っていったのかと思ったのに。

でも家の一番近くのコンビニエンスストアには、歩いて十分近くかかる。買い物をして、往復で、二十分は杉井がいない。

「古文、わからないとこがあるから……今、いい？」

「いいよ、どうぞ」

万貴に促され、洸はその部屋に足を踏み入れる。

そして部屋の中心に置かれたテーブルの上に、資料やレポート用紙ではなく、携帯型のゲーム機が二台置かれていることに気づいて、眉《まゆ》を顰《ひそ》めた。

「課題やってたんじゃないの？」

洸が訊ねると、万貴の、少し悪戯っぽい笑顔が返ってくる。

「ちょっとだけ息抜きだよ。対戦で杉井が負けたから、罰ゲームで買い出し」

「……ふうん」

万貴はゲームが好きな方らしく、居間には据え置き型のハードがあって、携帯型もいくつか持っている。

洸はこの家で暮らし始めた最初の頃こそ、万貴に誘われるまま一緒にゲームをしていたが、すぐに中学受験の準備を始めたし、「自分には呑気《のんき》にゲームをしている暇なんてない」とそれを断るようになった。断腸の思いだった。

「洸も少しやってみるか？　杉井のを借りても怒らないと思うし」

洸がじっとゲーム機を見下ろしす様子をどう判断したのか、万貴がそんな誘いをかけてくる。

「いい」

どうせやり方だってわからない。

「おもしろいぞ。洸もやればいいのに、少しくらい。何なら、バイト代で買ってやるって、前も言っただろ」

「いらない。興味ない」

洸は素っ気なく答えるが、内心では「やりたい！」と諸手《もろて》を挙げて叫んでいるような有様だった。

洸だって、杉井みたいに万貴と一緒に遊びたい。洸がやりたがらないので万貴は洸の前ではゲームをやらなくなったが、杉井が来ている時は、この部屋や居間で遊んでいるようだった。

「洸は欲が薄いなあ」

万貴はそう言って笑うが、そんなはずがなかった。むしろ欲深すぎて、自分で呆《あき》れ返るくらいだ。

（でも、万貴みたいになりたくて頑張ってるせいで、万貴と一緒に遊べないのって、変な話だよな）

そこがいつでもジレンマだ。いっそ無邪気に万貴と遊んでしまいたかったが、そうやって楽しいことにうつつを抜かしていたら、万貴との差は完全に開くばかりだ。元々がバカなんだから、勉強をやめたら、小学生だった頃みたいにひどい成績になる。万貴はどうやら大学院に進むというので、人生で唯一、万貴と同じ学校に在籍できるチャンスがなくなってしまう。

「……そんなふうに遊んでて、兄さんはともかく、杉井さんは大丈夫なの？」

ゲーム機から目を逸《そ》らし、万貴を見上げて洸は訊ねた。万貴が手を差し出してくるので、握っていた古文のテキストを渡し、口実ではなく詰まっていた部分を指で示した。

「遊んでるって言っても、本当に息抜き程度だよ。それに杉井はちゃんと遊びと勉強が切り替えられるし、勉強好きだし」

「……勉強好きなの？」

あまりそういうふうには見えなかった。勝手な印象だが。

「俺より勉強に割く時間が多い」

テキストにペンで何か書き込んでいる万貴の返事に、洸は少し呆れた。それじゃあ洸だって勉強好きということになってしまう。本当は勉強なんて、今でも苦手だし嫌いなのに。

「でも、万貴と同じとこでバイトしてるんじゃなかったっけ？」

万貴は大学生になってから、ホテルでウェイターのアルバイトをしている。杉井も同じバイトをしているはずで、それも洸の羨望と嫉妬を集めていた。

「たまに忙しい時にヘルプで呼ばれるけど、今は別のバイトをしてるっぽいな。何やってるか、教えてもらえないんだけど」

そう聞いて、洸は少し意外な心地になった。杉井はいつも、万貴に金魚の糞《ふん》みたいにべったりくっついている印象があったのだ。

洸がそう言うと、『金魚の糞』と言ったところで、万貴が吹き出した。

「そんなことない、あいつは結構秘密主義だぞ。前に街中で、洸くらいの年頃の女の子と会ってるとこを見かけて声かけたのに、そそくさ逃げるし、あとで聞いても誤魔化そうとするし」

女の子と会っている時に万貴に声をかけられて逃げる、という状況を、洸はすぐに頭に思い浮かべることができた。理由も簡単に想像がつく。

「そりゃ、それが杉井さんの彼女とか好きな相手だとして、兄さんと会ったら、兄さんの方を好きになっちゃうからじゃないの？」

万貴が笑い声を上げた。

「それはないよ。杉井はいい奴だし、いい男だし。あの子が杉井の彼女だとしたら、見る目があると思う」

杉井について語る時、万貴はいつでも手放しだ。

杉井が万貴にくっついている時以上に、それが洸の癇《かん》に障った。いや、万貴が褒めるからこそ、杉井が万貴のそばにいることが、おもしろくなくなるのだろう。

（万貴より格好いい人なんて知らない）

どんなに容姿がよくても、勉強ができても、それを鼻に掛けたり他人を見下したりしないところが、万貴のいいところだし、周りに好かれるところだ。

そうわかっていても、万貴が他人を褒める言葉を聞くのが、洸にはいつでも苦痛だった。

洸が仏頂面でいると、万貴の手が伸びてきて、ぐしゃっと頭を撫でられた。

「何……」

「いや、唇が尖ってるから」

子供みたいに膨れる癖が、洸はなかなか直らない。人前では自分の不機嫌な感情を表に出さないよう一生懸命コントロールしているのに、昔のクソガキぶりを知る母や祖父母や、万貴の前では、それが上手く隠せなくて口惜しい。

「アヒルみたいになってるぞ。どうしたんだよ」

おまけに、尖《とが》った唇を指で摘《つま》まれた。軽く引っ張られて、洸は顔に熱を昇らせて赤くなりながら、その手を払う。

「子供みたいに扱うなって言ってるだろ」

「だって、こんなに可愛い弟だぞ」

睨みつけてやっても、万貴は悪怯れない。

洸は本当に、最初に出会った時の自分の態度を悔やむ。悪ガキ丸出しで、不貞腐れて、大きい声を上げて。

最初から行儀よくいい子にしていられたのなら、万貴の前で万貴みたいにいい子でいたいのに取り繕う態度がどこか気恥ずかしいなんて思いを、味わわなくてすんだのに。

(でも万貴と会わなかったら、そもそもいい子になろうなんて考えもつかなかったわけだし……)

難しい表情で考え込んでいたら、また吹き出すような音が聞こえて、洸は怪訝な気分で顔を上げた。

万貴は吹き出したのを堪えるみたいに口許を拳《こぶし》で押さえ、洸から顔を逸らし、かすかに肩を震わせている。

「……何？」

なぜこんなにもおかしそうにしているのか意味がわからなくて、洸は不安と、苛立《いらだ》ちを感じた。

万貴はたまに何を考えているのかわからなくて、洸はそういう時、とても不安になる。自分がバカだから万貴を理解できないんだろうな、と思って、自分に腹が立ってくる。

「いや、何でもない。また口が尖ってるのがおもしろかっただけ」

「何でもなくないじゃん、それ」

ムッとして言い返した時、どこからか小さな電子音が響いてきた。洸には覚えのある電話の着信音。万貴の部屋のドアも、洸の部屋のドアも少しずつ開けっ放しだった。洸の部屋で携帯電話が鳴っている。

「電話じゃないか？」

万貴も音に気づいて、テキストを洸の手に返してきた。洸が詰まっていた部分に、あれこれとヒントが書き付けてあって、これでもう用はすんでしまった。

「……ありがと」

居座る理由を失って、洸は仕方なくテキストを受け取り、自室に戻った。留守番電話に切り替わった直後に、携帯電話の通話ボタンを押した。

「もしもし」

『あ、やっと出たぁ』

電話の向こうから、少し甘えたようなとても可愛い声が響いてくる。相手は出る前にわかっていた。テニス部の女子生徒。洸よりひとつ下の一年生。

危ないところだった、と洸は少し胸を撫で下ろす。新入生の中で際立って可愛いと、入学当時から評判だった女の子は、ひどい甘えたがりで、洸が電話に出なかったり、メールの返信が少し遅かったりするだけで、周囲の人たちに『天川先輩と連絡取れないんだけど、事故にでも遭ったのかな、それとも、浮気をしてるのかな』と相談を始める。それだとまるで洸が頼りない男だと吹聴されるようで、何としても避けたく、いつも苦労していた。

(なまじ可愛いから、甘やかされるのに慣れてるんだよな)

今日部活に出られず会えなかったことを埋め合わせるように、洸は彼女のとりとめもない話に付き合って、相槌《あいづち》を打ったり、適当に自分からも話題を振ってみたりする。時々相手を賞賛したり、自分も会えないことが寂しいと零してみることも忘れない。電話の向こうの彼女の声はどんどん嬉しそうに甘くなって、引き替えのように洸の胸が痛くなる。

（可愛いし、いい子なのに、たまに面倒臭いって思うのは贅沢《ぜいたく》だよな……）

彼女の方から告白されて、付き合い始めた。これまで彼女を含め三人と付き合ったことがあるが、どれも相手から申し込まれて、洸が頷いて交際が始まっている。

万貴を目標にしているおかげか、それなりに――というか、正直なところ女の子からの評判は相当いい方だから、洸が告白された数は枚挙に遑《いとま》がない。その中で洸が選ぶ条件は、『万貴の隣に並んで釣り合う子だろうか』ということだった。自分の、ではない。もちろん最低条件として、頭か、容姿か、その他自分より優れたところがなければ頷けない。

（性格悪いよな、俺）

周りの群をぬいて可愛かったり賢かったりする子は、尊敬するし憧れる。自分が面食いな自覚が洸にはあった。何しろ同じ家で暮らしているのが、男女の別なく誰より綺麗な万貴なのだ。そして賢さも重視してしまう。前に付き合っていたのは、中学時代に洸と学年一位を争っていた才女だった。今電話の向こうにいる子は、成績の方は中の上と言ったところだが、それを補えるくらい可愛い。

（万貴が二番目に連れてきた彼女は、あんまり可愛くはなかったよなあ）

電話を続けながら、洸はそんなことを思い出す。ひどいそばかすがあって、痩《や》せぎすの、お世辞にも美人とはいえない人で、正直なところ洸は「こんなのが万貴の彼女……?」と愕然《がくぜん》とした。万貴の方は、あまり美醜を気にしないのかもしれない。自分より綺麗な人なんか存在しないんだから、顔の善し悪《あ》しを考慮する必要すらないのかもしれない。

『天川先輩、話、聞いてます?』

考えごとをしていたら、少し相槌がうわの空になってしまったらしい。微《かす》かに咎《とが》めるように言われて、洸は慌てた。

「ごめん、今、家族に呼ばれて。風呂に入らなくちゃいけないから、そろそろ切るな」

適当に言い訳をして、謝ってから、洸は電話を切った。口実にしたのが少しうしろめたくて、実際風呂に入ってしまおうと、着替えを持って部屋を出る。

ちょうど、ドアを開けた万貴と行き合った。

「あれ、兄さんも、風呂入るところ?」

「いや、トイレ。――電話、彼女だろ」

少しからかうように言われて、洸はなぜかパッと赤くなった。赤くなるつもりはなかったのに、なぜか頭に血が昇った。

(ドア少し開いてたな、そういえば)

急いで電話に出なければと慌てていたせいで、部屋のドアをきちんと閉め切れていなかった。話し声が漏れていたかもしれない。

「付き合ってる子がいるなら、家に連れてこいよ」

「やだよ……恥ずかしい」

思春期らしく照れて不貞腐れる演技で、洸は笑って言う万貴から目を逸らした。万貴は洸の目論見通り、照れている弟の様子がおかしいといったように、笑いを嚙《か》み殺していた。

「俺だって、どんな子が洸と付き合ってるのか、見てみたいのに」

「やだ。風呂入ってくる」

素っ気なく言って、洸は足早に階段に向かう。

自分の彼女を家族に見せるのなんて、別に恥ずかしくもない。

嫌なのは、女の子を家に連れてくると、みんな万貴を好きになることだ。

前に付き合っていた彼女も、初めは洸に対して「顔だけの男なんて」とこっちの名前も知らずに毛嫌いしていたのが、実は自分と首席を争っていた天川洸だったと知って、やっと態度が軟化したのに――この家で万貴を見た瞬間、彼女はあっという間に恋に落ちた。

付き合い始めてからも「男のくせに綺麗なのが嫌」と洸に向けて繰り返し憎まれ口を叩《たた》いていたのに、万貴の際立った容貌には抗《あらが》えなかったらしい。

他の子たち、まだ付き合う前にいい感じになった相手も含めてすべて、万貴を見れば彼に心を移した。

それは仕方のないことだと思う。洸が、美人であったり、賢かったりする相手を選ぶように、彼女たちだって、より容姿のいい者、賢い者を選ぶ。

万貴に負けることは悔しくはない。誰が見たって万貴が一番だ。

そんなことよりも、万貴がもし彼女を気に入ったら、と考える方が嫌だ。

相手が万貴と同じ大学で、同じくらい賢い大人の女性だったら、仕方ないかと諦めもつく。でも、自分と同い年や年下で、自分よりももっと頭の悪い女の子が万貴の隣に、万が一にも並ぶことになったら。

(嫌すぎる……)

想像だけでげんなりしながら、風呂場に向かう。

特別な人には、特別な相手しか似合わないのに。

風呂場に入って湯船に浸かりながら、洸は、何だか自分が最近万貴のことばかり考えているなと思った。

(別に、最近じゃないか)

出会った時から万貴だけが特別だった。

万貴と暮らせることに、万貴を兄と呼べることに、どれだけの喜びを感じただろう。

それでも初めの頃は、「お兄ちゃん」と呼ぶのが気恥ずかしくて、万貴と呼び捨てにしていた。

母には窘《たしな》められたが、万貴は笑って「いいよ」というので、しばらく名前で呼んでいた。中学に上がる頃にはどうにか「兄さん」と呼べるようになってはいたが、今もたまにその癖が出てしまう。

自分の世界はまるで万貴を中心に回っているみたいだ、と思う時がある。みたい、ではなく、多分本当にそうなんだろう。

（……杉井さん、早く帰んねーかなあ……）

コンビニに買い出しに行った杉井は、洸が風呂に入っている間に戻ってきたようだった。まさか泊まる気だろうか。

杉井が帰ったところで、風呂から出たら予習復習に励まなければならない洸が万貴の部屋に居座ることができるわけもなかったのだが、やっぱりどうしても、万貴のそばに自分以外の人がいることが、おもしろくなくて仕方がなかった。

◇◇◇

結局杉井はそのまま泊まっていって、洸はパッとしない気分で朝を迎えた。

朝の食卓には洸と万貴と両親と、杉井がいる。邪魔だな、と正直思う。もちろん杉井のことだ。

朝食と身支度を終えて、洸は誰より早く家を出ることになった。

「洸、もう学校行くのか？」

玄関で靴を履いていると、大学の講義まではまだ余裕があるらしい万貴に訊ねられた。

「うん。今日、立哨《りっしょう》あるから」

月に一度、生徒会役員と風紀委員が校門前で生徒の服装などをチェックする日がある。会長である洸は、もちろんそれに参加するので、いつもより早めに家を出なければならなかった。

「ああ、あれ、大変だよな。もし絡まれたら、すぐ先生を呼ぶんだぞ」

そう言って、万貴が洸の頭を撫でてくる。両親と杉井は居間にいて、彼らの目は届かないから、洸は大人しくされるままになった。人前で子供みたいに頭を撫でられるのは恥ずかしかったが、誰もいないところで万貴にそうされるのは、ただ気持ちがよくて嬉しいばかりだ。

「兄さんの時も、絡まれたりした？」

「んー、俺は、あんまり。他の役員はたまに言いがかりつけて、揉《も》めごとになりそうだったから、止めるのは大変だったな」

「そっか……」

校則に反する格好をしている生徒を名簿に書き込み、注意する必要があったが、たまにひどく反発する生徒がいる。上級生は、二年生である洸を甘く見ているところがあったから、対処はなかなか難しかった。

でも万貴はそのあたりも、そつなくこなしていたらしい。

「三年生とか、俺が二年だからって甘く見られてるのか、注意するとすごく悪く言われたりすることも結構あって……兄さんは一年でもう会長だったのに、大丈夫だったんだ……」

「甘く見られてるっていうか、洸に構ってほしくて、いろいろ言ってくるんじゃないか？」

「何それ」

万貴の口調は、冗談とも本気ともつかない。ただ、楽しそうに笑っている。

「洸に興味があるんだよ。立哨の日は一般の生徒にも前もって知らされるんだから、面倒だったらその日だけちゃんとしてくればいいのに、わざわざチェックされるような格好で来るんだろ。俺の時は、よっぽど反骨精神のある生徒しか、そんなことしなかったけど」

「でも女子だけじゃなくて、男子もいるんだよ？」

「同じことだよ。洸は可愛いから、話す機会があれば嬉しいんだろ」

「だから、何それ……」

ちょっと兄として贔屓目《ひいきめ》に見すぎなんじゃないかと、洸は呆れた。

（単に舐《な》められてるだけなんだ、絶対。万貴の時は、ほとんどチェックされた生徒がいなかったって聞いたし）

構われたくてそうするというのなら、万貴の時こそ、わざと校則違反の格好で登校する女子生徒が大量発生したはずだ。だがそんなことはなく、天川万貴会長時代は、学校自体がとても平和だったと教師たちは口を揃えて言う。

（万貴に好かれたいと思った人は、校則違反なんかやらない）

派手な髪型とか、化粧とか、短いスカートを穿くとかしても、そういう女の子に万貴が好感を持つことはないだろう。万貴を好きな人ほど、万貴に合わせてきちんとした身なりや、生活態度を貫く気がする。

（やっぱり俺の方が、万貴より全然舐められてるよなあ）

ついついい、溜息が出た。

「ん、どうした？」

「いや、三年生の女子に、すごい派手な人がいて。茶髪だし、眉ないし、アイラインとかつけまつげとかすごいし、どれだけ注意してもやめないし——兄さんだったら、ちゃんと注意して、わかってもらえるのかなって」

「手を焼いてるのか？」

「うん、かなり。でもきつい口調で言い返されるか、完全無視されることもあって、先生も困ってるけど、今日もあの格好のまま来るんだろうな……もっと厳しく言わなきゃいけないのかって思うと、ちょっと憂鬱《ゆううつ》になる」

そういう校則違反者を野放しにすることで、洸の生徒会長としての立場が危うくなるということはないのだが、万貴の時にはそこまで目立った生徒がいなかったと聞けば、自分の至らなさに自分でガッカリもする。

「でも、校則はそれほど厳密に守るべきものでもないだろ？」

「えっ」

万貴の口から意外な言葉が出てきて、洸は驚いた。

「そ、そうかな。兄さんはそう思う？」

「守った方が集団生活がしやすいし、違反することで他の生徒の迷惑になるなら、やめさせた方がいいだろうけど。本人なりのポリシーがあるなら、厳しく言って衝突するより、見過ごせるところは見過ごすのもひとつのやり方だと思うよ。その人にとっては譲れないことがあるんだろうから」

「……そっか……」

万貴はどこにいても模範的な態度だったから、そんなふうに考えていることが、洸にはやはり意外に思える。

「兄さんはあんまり校則とか、破らなかったよね？」

「俺は単に、制服は元の形で着る方が綺麗だと思ったたし、着崩してもあんまり似合わないからやらなかっただけだよ。決まりを破るのが楽しいとも思ったことがないし。でもたとえば、学校よりも優先すべきことがあって欠席するとか、持ち込みが禁じられてるものを持ち込むとか、どうしてもっていう人がいても、それが絶対に駄目だって断じることはなかったかな」

なるほど……と、洸は、ひどく感心したたし、自分の狭量さというか視野の狭さに呆れたりもした。

万貴は優等生だが、四角四面に校則や教師にしたがってきたわけではない。だからこそ周りからの信頼も厚く、好かれているのだ。

（俺は、ちゃんとしなくちゃってばっかり思ってたな……）

万貴のようになりたいと思いつつ、実は上っ面ばかりを見ていたのかもしれないと思い至り、また落胆してしまう。

「どうした、しょんぼりして」

考え込んでいると、また頭を撫でられた。

「……なかなか、兄さんみたいにはできないなあと思って」

「俺みたいにしても仕方ないだろ、洸には洸のいいところがあるんだから」

万貴はそう言ってくれるが、洸にとって、万貴よりもいいものがあるなんて思えない。

沈み込んでいる弟を見て、兄が微かに笑い、今度はぽんぽんと頭を叩いてきた。

「洸、今日は部活も生徒会もないだろ。俺も今日はバイトがない日だから、一緒に買い物でも行くか」

「え」

パッと、洸は伏せがちになってしまっていた目を上げた。

「お母さんに、今日は俺も洸も夕食はいらないって言っておくから。食べたいもの考えておきな」

「――うん！」

万貴と放課後一緒に出かけて、買い物をして、夕食も食べる。そんなプランを提案されて、洸が断る理由なんて何もない。嬉しくて、つい満面の笑みで頷いてしまった。

万貴が小さく声を上げて笑っている。楽しそうな兄の様子に、洸は何だか気恥ずかしくなってきた。

「な……何？　何か、おかしい？」

「いや、本当に、洸は可愛いなと思って。あとで待ち合わせの場所と時間、メールするよ。そろそろ行かないと、立哨遅れるだろ」

「あ——やばい、もう行かなくちゃ！」

携帯電話の時計を見て、洸は焦った。

「じゃあ、行ってきます。メール待ってるから！」

「行ってらっしゃい。立哨頑張れよ」

兄の声援を受けて、洸は玄関から外の路地へと駆け出す。

憂鬱だったことなどすっかり忘れて、頭はもう万貴と出かけることで占められた。

万貴は洸が落ち込んだ時、どうやれば元気になるか知り尽くしている。昔からそうだ。洸が何を言うわけでもないのに、望んでいることを当てて、それを叶えてくれる。

(万貴が俺の兄さんになったって、本当に、すごいことだよな……！)

母が万貴の父親と結婚して以来、洸が寂しい思いをしたことは一度もなかった。家族になれたことは偶然なのか奇蹟《きせき》なのか、どちらにしろ洸にとっては幸せなことでしかない。

(——俺もあんなふうにしたいのに、万貴からはしてもらうことばっかりだ)

最近はそのことが少しだけ、洸を焦らせもするが。

とにかく今は、万貴とどこにでかけて何を食べるか、考えることが楽しくて仕方がなかった。

2

万貴さんと会ったの、と言われて、洸はひどく面食らった。

万貴の提案通り放課後に待ち合わせ、一緒に遊んだり食事をしたり、長い時間ずいぶん楽しく過ごした日から、一週間ほど経った日。

「会ったって……どこで？」

「ほら、前にタルトが美味《おい》しいって言ったあのお店の近くで。昨日の放課後」

昼休み、一緒にお昼を食べようと彼女、一年テニス部の上原沙《うえはらさ》綾《あや》に誘われ、学食で向かい合っていた時だ。

「この間、天川先輩とは、混んでて入れなかったじゃないですか。その話をしたら、じゃあ今日は弟に代わって俺がって、季節のタルトとロイヤルミルクティ、奢《おご》ってくれたんですよ」

沙綾は見るからにはしゃいでいた。

「万貴さんって、すっごく、すっごく、すっごく素敵ですね！　雑誌で見るより全然素敵だった！」

万貴が読者モデルとして雑誌に載ったのは、大学一年生の冬が最後だったはずなのに、彼女はその写真を見たことがあるようだ。

「すっごく、大人ー、って感じで……そういえば、天川先輩と万貴さんって、あんまり似てませんね」

沙綾は洸を見て、小さく首を傾げながら言った。いつもは、その仕種が小動物っぽくて可愛いのかもしれないと思っていたが、今の洸には、少しかちんときた。

「兄弟って言っても、義理だから。再婚だって言っただろ、うち」

「そっかぁ、万貴さん、義理の弟のことなのに、気遣ってくれたんだ……」

万貴さん、と沙綾が名前を口にするたびに、洸は嫌な予感が募った。

彼氏である洸のことは『天川先輩』と呼ぶのに、万貴のことは『万貴さん』だ。万貴も高校のOBだから『天川先輩』にはなるが、同じ名前ではややこしいから、呼び分けているのだとわかってはいるが。

――洸の嫌な予感は、数日と経たず、現実のものになった。

「別れたいんです」

放課後、部活の前に沙綾に呼び出され、そう告げられた。

「他に好きな人ができちゃって……ごめんなさい」

まあ、『万貴さんは格好いいから迫ってみるけど、フラれた時のために洸君もキープ、あわよくば両方と』などと目論《もくろ》んだ初めての彼女よりは、よほど潔《いさぎよ》く、筋の通った申し出だ。

「そっか。じゃあ、仕方ないな」

本当はひどく落胆していたし、腹も立っていたが、表に出すのは格好悪い。

きっとこんな時、万貴だったら——いや、万貴が誰かに恋人を取られることなんて、想像もつかないが——笑って、彼女の幸せを願ってあげるだろう。

それに洸が腹を立てている相手は、彼女ではない。

そのことに、洸自身も少し驚いていた。

「その好きな人と、うまく行くといいね」

思ってもみないことを洸が微笑んで言った時、沙綾は微かに顔を曇らせ、少し俯いて、小さく溜息をついた。

「……やきもちもやかないし、相手が誰かも聞かないんだ」

「え？」

彼女の小声は本当に小さくて、洸にはよく聞き取れなかった。

ただ、相手が自分と同じくらいにはガッカリしているように見えて、訝《いぶか》しい気持ちになる。

聞き返そうとした時、沙綾が片手を振りかぶった。避ける間もなく、何かがぴしゃりと洸の頬を打つ。

「痛って……ッ」

「先輩も、また私くらい可愛い彼女ができるといいですね！」

洸が痛みと彼女の罵声《ばせい》に怯んでいるうち、彼女はその場から駆け出した。

頬からずり落ちてきたものを反射的に摑むと、付き合い始めた記念に、洸が沙綾にプレゼントしたネックレスだった。これを投げつけられたらしい。

「な……」

呆気《あっけ》に取られたあと、洸の肚《はら》の中で、急激に怒りが沸き上がってきた。

「何で俺が責められるんだよ⁉」

もう部活に出る気なんて、すっかり失せてしまった。

◇◇◇

部活をサボった洸が学校から戻った時、万貴もすでに帰宅していた。

玄関に万貴の靴が揃っているのを見て、洸は自分も靴を脱ぎ捨て、真っ先に二階の万貴の部屋に向かう。

乱暴にノックをして、返事も待たず、乱暴にドアを開けた。

万貴はベッドに寝転んで何かの雑誌を見ていて、ずかずかと部屋に入り込んできた弟を見ても特に驚いた表情は見せず、笑いながら身を起こした。

「おかえり。洸も、早かったな」

「何で彼女にお茶なんか奢ったんだよ」

帰宅の挨拶をする気なんて起きず、洸はベッドの前に大股で歩み寄ると、いきなり万貴を糾弾した。

「お茶？　彼女って？」

不思議そうに首を傾げる万貴の顔は、今日も整っていて、腹が立つくらい格好いい。

「何日か前、うちの一年の女の子に会っただろ」

思い当たったのか、万貴がまた顔を綻ばせる。

「ああ、洸の彼女の。上原さんだっけ、あの子、可愛かったな。洸はああいう子が好きなのか、前に連れてきたのは、眼鏡が似合う聡そうな子だったけど――」

「どうして上原をお茶に誘ったりしたんだって聞いてんだよ、俺は！」

弟の恋路を優しく見守る兄、という様子で喋る万貴の言葉を遮り、洸はますます相手に詰め寄った。

「どうしてって、あの店、前に洸と来て入れなかったのが残念っていうし、上原さんはちょうどお茶が飲みたいと思ってたっていうし」

「っていうかどうして俺の彼女だってわかったんだよ」

「上原さんから、洸のお兄さんですか、って聞かれたんだ。洸の部活の後輩だって挨拶してくれて、でもその態度で、ああこの子が洸の彼女だなってぴんと来たから、聞いてみたら、そうだって」

「……」

沙綾は、自分から万貴に声をかけたのだ。考えてみれば当たり前のことだった。万貴は相手を知らない。相手の方は、雑誌だの噂だので万貴のことを知っている。

「洸のことで少し話し込んじゃったし、じゃあこれで、っていう雰囲気でもなかったんだよ」

「俺のことって？」

「洸が学校でどうしてるかとか」

そう言われても、洸は万貴を疑わしい目で見ずにはいられなかった。

「上原、俺じゃなくて、兄さんの話ばっかりしてたんじゃないの。もしかして」

「……」

万貴の表情が、一瞬だけ、困ったようなものになる。すぐ笑顔に戻ったが、洸はその変化を決して見逃さなかった。

「そんなことない。ずっと、洸の話ばっかりだったよ」

「嘘だね。兄さんのこと、根掘り葉掘り聞かれたんだろ。電話番号とか、メアドとかも聞かれただろ。で、今も連絡来てるだろ」

洸が万貴を睨みながら言った時、ベッドの上で小さな振動音がした。万貴の携帯電話だ。そう気づいた瞬間、洸はパッとその電話に飛びついた。万貴も慌てたように電話に手を伸ばしたが、洸の方がわずかに早かった。

携帯電話には、メール着信の表示と、『上原沙綾』という文字が映し出されていた。万貴はすぐに洸の手から携帯電話を取り上げたが、洸はしっかりそれを確認してしまった。

「やっぱり」

万貴は至極気まずそうな顔をしている。天井を見上げてから、観念したように、また洸に目を戻す。

「洸のことについて、相談に乗ってたんだよ。おまえが忙しくてあんまりデートもできないから、寂しいとか。少し落ち込んでるみたいだったから、元気出してほしかったし」

そんなの、女の子の常套手段《じょうとう》に決まっている。恋愛の相談をしているあいだに、それが浮気に繋がるなんて、世の中にいくらでも転がっている話だ。

「洸、俺のこと信用できないのか？」

黙り込む洸の頬を、万貴が指を宛てて、そのまま軽く摘まんでくる。

子供をあやすような万貴の仕種に、洸は苛立ち、その手を乱暴に払った。

「洸」

少し悲しそうな万貴の声音が、洸の胸へと微かに刺さる。それでも、苛立ちは収まらなかった。

(向こうが兄さんに関心持ってることくらい、わかってただろ。っていうか、女の子と二人きりで会って、相手が自分のこと好きになっちゃうくらい、簡単に想像つくだろ。何でわざわざお茶飲んだり、連絡先交換したりするんだよ)

そう言いたいのに、言えない。詰《なじ》ったら負けな気がする。

詰ったとしても、返事はわかっていた。親友の杉井について言ったように、洸に対しても言うのだ。「それはないよ。洸はいい奴だし、いい男だし。彼女が洸より俺を選んだりしたら、見る目がないと思う」と。万貴は本気でそう思っているのだろう。

それが、悔しい。万貴は人を妬《ねた》んだりしないんだろうか、と何度か考えたことが、洸に

はある。結論は「あるわけない」だ。妬みや嫉《ひが》みは、自分より恵まれた人に感じるものだから。

「洸が嫌なら、もう上原さんのメールに返事はしないし、電話にも出ないよ」

真摯な声音で、万貴が言う。洸は、ああ、彼女はメールだけではなく、電話も万貴にしていたんだな、と気持ちが冷える感じがした。

「いいよ、別に。兄さんがしたいなら、好きにしたら。どうせもう、彼女とは別れたし」

「え――」

万貴が絶句する様子だけが、ほんのわずかだけ洸に胸のすくような思いを味わわせた。でもそれも、一瞬のことだ。

「洸、ごめん、本当に俺は」

謝る万貴の言葉が変に癪《しゃく》に障った。洸は、もういい、と言い捨てて、万貴の部屋を出て向かいの自室へ入った。荒くドアを閉め、鞄《かばん》を放り投げ、制服のままベッドに潜り込む。すぐにドアがノックされて、万貴の洸を呼ぶ声が聞こえたが、無視していたらやがて諦めるように音と声が止んだ。

万貴と喧嘩したのなんて、六年間で初めてだった。いや、これは喧嘩《けんか》と言えるのだろうか。洸が一方的に万貴を詰った挙句、逃げ出しただけだ。

（嫉妬してんのかな……）

これまで同じことがあった時は、相手が万貴なら仕方ない、とすぐに諦めがついたし、万貴を狙うなんて身の程知らずだと心変わりした女の子の方を軽蔑して終わった。

でも今は、何だか胸がむかむかして仕方がない。苛立ちに任せて、枕に顔を押しつける。

（……違う。万貴が俺のこと相手にもしてないのが、悔しいんだ）

万貴を見て、好きにならない女の子がいるなんて思えない。それを、万貴が気づいていないとも思えない。

なのに洸の彼女に声をかけられてお茶をして、メールまでしたのは、それで何が起ころうが、歯牙にもかけていないからだ。

（わざとですらないんだ）

弟から彼女を取ってやろう、なんて発想が万貴にあるとは思えない。だって万貴はそんなことをしなくても、もっと大人で綺麗で賢い女性をいくらでも相手にできるのだ。

（俺と張り合う理由もない）

洸を嫌って、弟を貶《おとし》めようと悪意を持ってそんなことをする必要だってあり得なかった。

だって万貴は、誰が見ても洸より何もかもが優れている。

だとしたら。

（……最初から、取るに足らないって思われてるからだ）

万貴に悪意はない。ただ、洸の彼女が自分を好きになることを大した事件とも思わず、それで洸が傷つく可能性があることに、頓着《とんちゃく》していない。

事実洸は、彼女にフラれて傷ついたりはしていないが。

ただ、万貴の中で、自分が特別でも何でもないことに気づいてしまって、それが悲しい。

（万貴は友達や知り合いがたくさんいる。その人たちの彼女だってきっとたくさんいて、その一人一人を無視するわけにはいかないから、上原にも普通に接した。……全部に気遣ってたらキリがないもんな）

洸が弟だから——あるいは、弟が洸だから、特別というわけではなかったのだ。

少し前に、万貴が落ち込んだ自分を遊びに誘ってくれて、好きな食事を奢ってくれて、本当に嬉しかった。

万貴の弟になれて本当に幸せだと、あれからしばらく楽しかった気持ちを嚙み締めて過ごしてきた。

——でもその記憶が楽しいものであればあるほど、今の虚《むな》しさといったらない。

（万貴は上原にも、簡単にお茶とか奢るんだ……）

落ち込んでいるから元気を出してほしいと、別に相手が洸でも、洸じゃなくても、万貴は平等に思うのだ。

（……そうか、そもそも、万貴だったら自分の父親の再婚相手の子供が誰でも、どんな奴でも、ちゃんと優しくていい兄貴になれるんだよな。俺が相手じゃなくたって）

今まで考えたこともなかった事実に、洸は打ちのめされた。自分が万貴の弟になったことで、万貴にとっても自分の存在は他の人よりは少しだけ別格なのだと、勝手に思い込んでいた。

どうせ俺のことなんて特別じゃないんだろ、と今すぐ万貴に当たり散らしたい衝動に駆られたが、我慢する。無意味なのはわかりきっていた。万貴は「そんなことないよ、洸は大事な弟だよ」と笑って言うだけだろう。きっと、誰が相手でもそうするように。

（それとも……杉井さんには、違うのかな）

せめて、全員に平等であるなら、洸はまだ耐えられたかもしれない。

でも万貴には杉井がいる。特別な友達。杉井とふたりきりでいる時に万貴がどんなふうなのか、洸は知らない。そんなの不公平だと思う。勝手な考えだとわかっていても、そう思う。

万貴にはきっと俺のことなんて全部お見通しだろうに。万貴に憧れていることも。その猿真似をして必死に相手に近づこうとしていることも。

生まれて始めて洸の中で沸《わ》き上がった、それは万貴に対する反発の心だった。

「……俺だって、万貴の知らないところで、万貴の知らないことをすればいいんだ」

不意に浮かんだのは、冷静に考えれば馬鹿馬鹿しい、それこそ無意味な思いつきだった。

（でも、だったら、俺だって）

◇◇◇

（俺は、やっぱり未だに大して頭がよくないのかもしれない）

三年生の教室のある階、その廊下の片隅で、洸はほとほと自分に呆れる気分だった。

洸の目の前には、茶髪の女の子がいる。ブレザーのボタンはすべて開け放ち、リボンタイはかなりゆるめ、大きく開いた襟元の下にぶら下がっている。スカートがかなり短い。眉は明らかに剃《そ》るか抜くかして、アイラインは黒で濃いめに引いてあり、長い睫《まつげ》はおそらくマスカラか人工のものをつけていて、小さめの唇ではグロスが光っていた。もちろんすべてが校則違反だ。

洸の通っている私立高校は、成績だけではなく、育ちのいい生徒が多く通っていたので、制服を着崩すにしてもお洒落《しゃれ》の範疇《はんちゅう》内というか、どこか品のいい感じだった。

が、今洸の前で不機嫌そうな顔をしている上級生は、この学校では珍しいギャル、というより、気合の入ったヤンキーといった風情だ。

一ノ瀬《いちのせ》あゆみの名前と存在は、生徒会長として立哨当番に立つ前、入学した頃から知っていた。服装や化粧を咎められては教師と衝突し、女子生徒からは毛嫌いされ、男子生徒からは敬遠され、要するにひどい問題児なのにそこそこ勉強ができるから、成績重視のこの学校で停学にも退学にもならない全方向から持て余されている生徒だった。

「あの……俺の話、聞いてますか？」

何度目か、洸は相手に呼びかけた。あゆみは両手をブレザーのポケットに突っ込んで、退屈そうにそっぽを向いている。洸の質問に、ようやく、億劫《おっくう》げにではあったが頷きが返ってきた。

「だから、さっきも言いましたけど、今度の日曜日、よかったら一緒に遊びに行きませんか」

すでに彼女に声をかけたことを悔やみつつも、洸は根気よく、そう繰り返す。

――ゆうべ、ベッドの中で延々考え続けて出た結論は、『今度付き合う子のことは絶対に万貴に秘密にする』というものだった。『とても万貴と釣り合うとは思えない女の子と、内緒で付き合う』。そう決めた時は、これしかない！　というくらい洸の中で盛り上がったものだが。

（いや、でもやっぱり、何かアホみたいだよな……）

これまで洸は、万貴の恋人として考えてそれほど違和感のない子、という条件で、彼女を選んできた。

だから今度は、むしろ万貴とは縁遠そうな、これまで彼が一度も家に連れて来たことのないタイプの女の子にしようと決めたのだ。万貴の恋人らしき人も、友達も、おっとりしているか快活かの違いこそあれ、みんな上品そうな大人ばかりだった。

相手から告白を受けて了承したのちに恋人関係になっていたこれまでと違い、自分から声をかけるにあたって、洸は『なるべく遊んでいそうな子』という条件も付け加えた。もともと自分が好きな子ならともかく、万貴への意趣返しのためにただ利用するのは後ろめたかったからだ。一ノ瀬あゆみは校外で年上の男と付き合っているとか、街で見かけるといつも並んでいる相手が違うとか、噂の絶えない少女だった。

「いいけど」

洸にとっては条件ぴったりの相手だったが、あゆみにとってみれば好意を持っているでもない下級生に遊びに誘われたところで、了承する理由もないかもしれない。

そもそも万貴は自分に興味がないのだから、自分が誰と付き合おうと万貴にとっては無意味なのに――ということになぜあゆみに声をかけるまで気づかなかったのか、つくづく俺は愚かだと落ち込みかけた洸は、予想外の返事を聞いた気がして、それから数秒遅れて「えっ」と少し間の抜けた声を出してしまった。

あゆみはつまらなさそうな表情のまま、洸の方に目を向けていた。

「だから、いいけど、って。その代わり、あたしが決めた場所でいいならね」

「あ……はい」

素っ気なく言う彼女の気が変わらないうちにと急いで頷いてから、洸は少し首を傾げた。

「どこに行く予定ですか？」

あゆみの口振りは、すでに行き先は決めている、という感じだった。

訊ねた洸に、あゆみが口許だけで微かに笑う。

「いいとこ」

あゆみはずば抜けた美人というわけではないし、この学校では珍しいが街に出ればいくらでもいる量産型女子高生的な化粧をしているせいか逆に没個性的な顔に見えていたのに、その笑いはいかにも怪《あや》しくて、洸はどきりとした。遊んでいる、という噂を知っているせいかもしれない。

（よし……じゃあ、万貴が絶対に行かないような、いかがわしい場所に、ぜひ連れていっ

てもらおう）

バカみたいだと思っていた作戦が、なかなかいい具合に転がりそうだと、洸は少し気分が昂揚《こうよう》してきた。

◇◇◇

約束した日曜日、あゆみが指定したのは、洸の家から電車で三十分ほど移動したところにある駅前だった。

洸よりずいぶん遅れてやってきたあゆみは、今日もしっかりポイントメイクに励んでいたが、服装はTシャツにジーンズにスニーカーで、予想していたようなギャルっぽいファッションというより、スポーティな感じなのが少し意外だった。

あゆみは遅れてきた謝罪もなく歩き出し、どこに行くんだろう、と洸は少し緊張しながら彼女の隣を歩いた。洸が話しかけてもあゆみの返事はおざなりで、ちっとも会話が弾まず、あまりデートという雰囲気にはならない。

あゆみとのデートにどんな服を着ていけばいいのか悩んだ末、洸は手持ちの服の中で一番カジュアルなものを選んだ。Tシャツにジーンズにスニーカー、上にパーカーを羽織るだけ。万貴はTシャツよりはドレスシャツかボタンダウンのオックスフォードシャツに、セーターかジャケットを合わせる格好をよくしているので、洸もそれを真似ていた。ジーンズにスニーカーも滅多に穿《は》かないが、今日はそれ以外のものにしたら「気どってんじゃねえよ」とあゆみに蹴られそうな予感がして、無難なところに落ち着いた。

そのせいか、洸がデートに出かけるのだとは、家にいた家族、両親も、そして万貴も、気づかなかったようだ。彼女と出かける時、クラスや部活の友人と出かける時でさえ、洸はもう少しきちんとした格好をする。できれば万貴と同じ大学生くらいに見えればいいなと、いつもなら大人っぽく見える着こなしの勉強にも余念がなかったのだが。

(万貴のこと、騙《だま》してやった)

友達と遊んでくる、と言った洸の言葉を万貴は鵜呑《うの》みにした。玄関でスニーカーを履くジーンズ姿の洸を見て、河原でフットサルでもするのかと訊ねてきたくらいだ。洸が前にそうやって学校の友達と遊んでいたことを思い出したらしい。洸は、そんな感じ、といい加減に答えて家を出てきた。

万貴にもわからないことがあるという事実、それが自分の嘘のせいだということに、洸は奇妙な昂揚感を覚えた。あゆみを追い掛ける足取りも軽くなる。

洸にとっては見知らぬ街を、あゆみは慣れた足取りで進み、ある建物の方へ入って行こうとした。

横に広い鉄筋コンクリートの二階建てで、入口には、地名のあとに『こどもセンター』という看板が掛かっている。

「えっ、何ここ……」

カフェとかレストランとか、カラオケとかボーリングとか、あゆみが連れて行きそうなところについて考えていた洸は、まったく予想外の場所を見て、声を上げた。

あゆみは洸を無視して、さっさと建物の中に入っていく。仕方なく、洸もそれについていった。

「ちわー」

愛想のない声で言いながらあゆみが入っていったのは、一階にある、小さな体育館のような広間だった。途端、わあっと、甲高い声があちこちから飛び出して、あゆみに続こうとしていた洸はぎょっとした。

「あゆみだー！」

「あゆみー！　今日もこえー！」

「うるせえよ。静かに座ってろ」

小学校低学年とおぼしき子供たちが七、八名、あゆみのそばに駆け寄って、まとわりついている。広間には他にも、もう少し年齢の高い、小学校中学年から高学年に見える子供が、あと十人以上いた。

「一ノ瀬先輩、何なんですか、ここ」

洸はあゆみに訊ねたが、彼女が答えるより早く、小さな子供たちが一斉に洸を振り向いた。

「誰これ！」

「知らねー！　あゆみの彼氏⁉」

「ウソぉ、あゆみちゃん章介《しょうすけ》から乗り換えたの？」

「なあ誰、おまえ誰！　悪者⁉」

——とにかく、騒がしい。口々に叫ばれ、なぜか足に蹴りを入れられ、殴《なぐ》られ、洸は困惑した。子供の力だが痛い。相当痛い。仕方なく、一番うるさい男の子の手を摑んで押さえながら、洸は助けを求めるようにあゆみを見た。

あゆみは笑いを堪えるような顔になっている。そして結局何も答えず、よく見れば広間の隅の方で話し合っている、大学生くらいに見える女性の方へ行ってしまった。

洸がただただ途方に暮れていると、うるさかった子供たちが、洸の背後を見てまた声を上げた。

「あー、章介来た！」

　何なんだ、と思いつつ振り返った洸は、子供たちの声を聞いた時よりもさらにぎょっとして、目を見開いた。

　そして現れた男、杉井も、洸を見てこれ以上はないというくらい目を剝《む》いている。

「杉井さん……？」

「なっ……、……ッ」

　章介、と子供たちが呼ぶのは、どうやら杉井のことだったらしい。杉井章介はしばらく絶句してから、急に我に返った様子で、広間中を勢いよく見回した。

「あ、天川も来てるのか⁉」

　あまりに取り乱した様子の杉井が訊ねる天川とは、おそらく洸ではなく、洸の義理の兄のことだろう。

「いえ、兄は来てないですけど……」

「本当に⁉」

　杉井は疑り深く念押ししてくる。洸は頷いた。

「本当に。というか俺も別に来る気はなかったというか、学校の先輩にわけもわからず連れてこられただけで」

万貴がいないと知ると、杉井はほっとした様子になって、大袈裟なくらい盛大な溜息を吐き出した。

「ここ、何なんですか？」

あゆみがまるで説明してくれなかったので、仕方なく、洸は杉井に訊ねた。

杉井が妙に疑り深そうな、警戒した表情で洸を見下ろす。

「公民館だよ。マジで何も知らずに来たのか？　――先輩って、あゆみか」

杉井が渋い顔であゆみを呼び、あゆみは小走りに洸たちの方へ戻ってきた。

「今日、人手が足りないって言ってたでしょ。だから、適当なの連れてきた」

あゆみは杉井に問われる前に、洸を親指で指しながら説明した。

「こいつ、章介の知ってる子だったの？」

あゆみが訊ね、杉井がどことなく気まずそうな顔になった。

「まあ……知り合いの、弟」

「へえ」

杉井の返答に、あゆみは「偶然もあるもんだ」と驚き、洸は「あれ？」と少し首を捻った。

（『知り合い』？）

万貴の方は、常に杉井を『親友』だと公言している。

が、杉井の方は、知り合いと口にする時すら言いにくそうな、渋い顔だったように見えた。

「で、あの、ここで何を始めるんですか？」

洸が訊ねた時、あゆみは喧嘩をして泣き出した子供に呼ばれてぱたぱたとその場を立ち去り、その後ろ姿を視線で追い掛けながら杉井が口を開いた。

「あゆみから全然聞いてないのか。ボランティアだよ」

「ボランティア？」

「そう、大学生と高校生が中心になってやってる、非営利団体の活動。今日は小学生の子供を集めてのレク大会で、俺たちはその指導……っていうかまあ、子供たちに危険がないか見守りつつ、一緒に遊ぶ役目」

ボランティアとはまた、意外な単語が出てきた。

「子供と遊ぶのもボランティアなのか……もっとゴミ拾いとか、震災の支援とかをするものかと」

「もちろんそういうのもやるけど。でも特に力を入れてるのは、なかなか家族と遊べない子供や、不登校児や、障害がある子供や、被災した子供の訪問とか学習支援とか、キャンプをやったり、今日みたいにレクリエーションやったり……」

洸はこの場に親らしき人の姿がまったく見えないことを不思議に思っていたが、杉井の説明で何となく納得する。

「兄も」

「えっ⁉」

そう言った時、あまりに激しく杉井が動揺したので、洸は訝しい心地になった。

「やっぱりあいつが来てるのか⁉」

「来てないですけど。だから、ここに来ることがあるのかなって」

「い、いや、ない。一度もない。っていうか、ここで俺に会ったこと、絶対あいつには言うなよ。言わないでくれよ⁉」

「え、兄は知らないんですか？」

意外な心地で、洸は問い返した。杉井は万貴の親友なのだ。親友がボランティア活動をしていることを、万貴が知らない――というか、杉井が隠そうとしていることを、不自然に感じないわけがない。

「知らないんだ。だから言わないでくれ、ボランティアなんてやってるのあいつに知れたが最後、どんな悪口雑言を並べ立てられるか……」

「……？」

杉井は蒼白《そうはく》な顔で震えている。洸には、やはり杉井がそんな態度になる理由がわからなかった。

「どうして兄が杉井さんを悪く言うんですか？　ボランティア活動をしてるなんて知ったら、普通に、褒めたり感心したり」

「するわけねえだろ、あいつが俺を褒めたりするわけねえだろ、『自分のことすらままならないのに、人に手助けしようだなんて、杉井はずいぶんお偉くなったもんだなあ』とか、笑いながら扱《こ》き下ろすに決まってる！」

震える拳を、杉井が握り締めた。

「『でもまあどうせ何をやろうが息をして酸素を無駄にしてるだけなんだし、それでもミミズだってオケラだって杉井だって生きる権利くらいはあるんだし、好きにすればいいと思うけど、俺は』とか！　慈愛に満ちた口調で言うんだ……」

「……すみません、杉井さん、誰の話してるんですか？」

杉井は自分のことを誰か他の友達の弟だと勘違いしているのだろうか。そう疑問に思って洸は訊ねてみた。

「だからおまえの兄貴だろ、天川。天川万貴」

どうやら勘違いはしていなかったらしい。

「やっとあの悪魔の目を逃れて安息の場を手に入れたんだ、ここがあいつにバレたら、俺はもう……！」

絶望的、と表現するのがぴったりな仕種で、杉井が顔を覆っている。

（あ、悪魔？）

妙な言葉が出てきて、洸は呆気に取られるばかりだった。

「ここの奴らだけは、天川のことを知らないんだ……なのに何でだよ、何であいつの弟がここにまで」

自分こそが何かに憑《つ》かれたようにブツブツと呟いていた杉井が、その途中、ハッとした表情で顔を上げた。洸に視線が向く。見開いた目で見られて、洸は後退りかけた。

「まさか天川がここの存在に気づいて、弟に命令して様子見に来させたのか？」

「……や、だから、俺はここが何だかよくわからないままに、一ノ瀬先輩に連れてこられただけですが……」

杉井は大丈夫だろうか。洸は段々心配になってきてしまった。

「そ、そうか、そうだな、あゆみは人に頼まれて素直に口裏合わせる奴でもないからな」

洸ではなく、あゆみを信用して、杉井はどうやら納得したようだった。

それで洸は少しムッとした。

「俺は兄に命令されて動いたりなんてしてしまいませんよ」

本当は『万貴は俺に命令なんてしてない』と言うべきだったのかもしれないが、万貴に対する反発心がどこかで芽生えていたのか、洸はそんな言い方を選んだ。

杉井の方は、疑わしそうな目で洸を見ている。

「だって弟、兄貴の真似ばっかりしてるだろ。天川のこと全身全霊かけて尊敬して、自分もこんなふうになりたい……！　っていうのを隠しもしてないし」

「……」

その通りだったが、改めて人から言葉で言われると、微妙な心地になる。杉井の口調があまり好意的ではなかったせいもあるだろう。

「……というか、おまえ」

そして杉井は、探るような目で洸を見てくる。

「そうだろうなとは思ってたけど、やっぱり、おまえも何も気づいてないんだな」

「――え？」

杉井が何を言っているのか、それだけの言葉では、わからなかった。

なのに洸は、ぎくりというか、ひやりとした感じを味わった。

「おまえ、自分の兄貴のこと、賢くて優しくて親切なだけの奴って思ってるだろ？」

「いや……あと顔も格好いいし背も高いし脚も長いし着る服とか身につけるものもいちいち似合ってすごいと思ってるけど……」

いつもなら、洸は誰かに対して万貴を手放しで褒めるようなことをしない。義理とはいえ兄をやたらに自慢するのは慎《つつし》み深さが欠けている気がするし、大抵は洸より先に他の人が賞賛するので、そうする必要がないのだ。

だが今は、杉井の「だけ」という言葉にひっかかり、つい本音を口にしてしまった。

そして杉井の方は、何か信じがたいものを見る目で――あるいは、なぜか気の毒そうなものを見る目で、洸のことを見下ろしていた。

「一応、忠告しておく」

あゆみや女性は離れたところで話し込んでいるし、子供たちは好き勝手に遊んでいるので、誰が聞き耳を立てているというわけでもなかったのに、杉井は辺りを憚《はばか》るような低い声で言った。

「天川は、おまえが思ってるような奴じゃないぞ。俺は、正直あそこまで歪《ゆが》んだ人間をこれまで見たことがない」

洸はまた杉井の言い種に驚いて相手を見上げるが、杉井の方は、洸から目を逸らして子供たちの方に視線を向けてしまった。

「どうせ信じないだろうけど、知ってて黙ってるのは俺の良心が咎めるから言っておく。天川に対してあんまり無防備に近づくな。何か少しでも違和感を覚えたら警戒しろ。……で、俺がこんなこと言ったことは絶対天川には言うな。俺が社会的に抹殺《まっさつ》される」

またずいぶんと物騒な単語が飛び出し、洸がリアクションに困っている間に、杉井はあとは何も言わずあゆみたちの方へ歩いて行ってしまった。

（抹殺……？）

ただただ、洸は首を捻るばかりだ。

杉井の『忠告』についてよく考える間もなく、あゆみと女性が子供たちに声をかけ、どうやらレクリエーションとやらが開始されたらしい。あゆみがどう説明したのか、洸はあたりまえのようにその手伝いに駆り出された。子供に昔ながらの遊びを教えるというのが今日のイベントの趣旨らしく、洸は指示されるまま子供に折り紙を教えたり、一緒になって竹とんぼやお手玉や面子を作って実際使ってみたり、『花いちもんめ』や『ことしのぼたん』に混じらされた。教えるといっても、洸もそんな遊びをしたことがなかったので折り紙の教本を見たり、杉井やあゆみの見様見真似をするしかなかったが、折り紙は細かい細工まで綺麗にできたし、竹とんぼもおはじきも、売り物みたいにうまいこと仕上がった。

「おまえ……そんなとこまで天川そっくりだな」

子供たちはもちろん、もうひとりのボランティアの女性やあゆみまで洸の器用さに感心していたが、杉井だけはどこか怖ろしげな表情と口調を洸に向けた。褒められたわけじゃないことは、洸にもさすがにわかる。万貴に似ている、という指摘は、これまで洸にとっては賛辞でしかなかったのだが。

「俺、万貴とは血の繋がりありませんよ？」

返答に困って、洸は我ながらズレてるなと思うことを返した。知ってる、と杉井が浮かない顔で頷いた。

「せめて実の兄弟だったら……いや、それもあいつには関係ないのか……」

杉井はぶつぶつと独り言のような呟きを残し、子供に呼ばれて洸のそばを去っていってしまった。

何なんだよ、と洸の気分は段々困惑から苛立ちに変わっていった。

◇◇◇

それでもボランティア活動は思いのほか楽しくて、杉井を除く他のスタッフに誘われたこともあり、洸はまたタイミングが合えば手伝いに行くことに決めた。

ボランティアが終わったのは夕方だったが、ファミレスに寄ってボランティアについて話を聞くうちに結構な時間が経ってしまい、洸が家に辿《たど》り着いたのは九時過ぎになった。

家族はもう一足先に夕食を終えてしまったらしい。居間には母と義父がいて、洸はファミレスであれこれ食べてしまったので夕食を断り、自室に戻ろうとしたところ、二階の廊下に万貴が顔を覗かせた。

「おかえり、洸」

「……ただいま」

この間言い争いをした時以来――洸が一方的に万貴を責めていただけだが――万貴とはあまり口を利いていないし、まともに顔を合わせることも少なくなっている。

洸が万貴を避けているのでそういう状態が続いているのだが、万貴の方の態度は、普段と何も変わらない。

きっと今までなら、『万貴は気を遣ってそうしてくれているんだ』と素直に受け止めることができただろう。だが洸は、『万貴にとっては些細《ささい》なことだから、気にしてないだけかもしれない』と捻くれてしまって、万貴の顔を見ることもできない。

「遅かったな。お母さんたち、さっきまで洸のこと夕飯食べずに待ってたんだぞ。もう少し早く連絡入れないと」

「わかってるよ。……次から気をつける」

洸は素っ気なく答えて、すぐに自室に入った。ドアを閉めてから背後に耳をそばだてると、万貴の部屋のドアもそっと閉じられる気配がした。

(何やってんだろ、俺)

ファミレスで話し込んでしまい、時間を気に懸けることができなかった。携帯電話には母からも万貴からもメールが入っていたのに気づけず、帰りの電車に乗った時にようやく、母に『先に食べてていいよ』と返事をしたのだった。

万貴からのメールは無視してしまった。母からと同じく帰りの時間を訊ねるものだったので、両方にすることはないと自分に言い訳をして。

(子供みたいなことしてる。バカみたいだ)

洸は肩から提げていた鞄をベッドに放り投げ、自分も仰向けに寝転んだ。

それから今日のボランティアのことを、というより、杉井の言った言葉についてぼんやりと考える。

「悪魔……って、本当、何だろ」

つらつら考えて、思い当たったのが、万貴が以前街中で杉井と一緒にいるのを見たという女の子は、あゆみだったんじゃないかということだ。

杉井はあゆみを万貴と会わせたくなかったのだ。

(杉井さんは、万貴に一ノ瀬先輩取られるって警戒してたのかな)

彼も高校時代から今まで、彼女や片想いの相手を取られたことが一度ならずあるのだろう。洸にはやはり万貴が意図的にそんなことをする必要もないように思えるが、杉井の方は別の考えなのかもしれない。

だったら万貴とは離れればいいのに、どうして一緒にいるのかは謎だ。高校の時はテニス部でダブルスの相棒、大学では同じ学部、同じゼミで共同研究をしているというから、そういう兼ね合いもあるのだろうか。

(でも……やっぱ、あんなに嫌ってるっていうか、怯えてるみたいだったのに一緒にいるって、何か変だよなあ……)

杉井があゆみの存在はともかく、ボランティア活動についてまで万貴にひた隠しにしている様子なのが、どうも洸の腑《ふ》に落ちない。

杉井と話をしたのは、結局レクリエーションの始まる前の短い時間だけだ。あの時は面食らうばかりだったが、もう少しきちんと話を聞けばよかった。

次にボランティアに行く時、杉井にも会えるだろう。

というか、洸の本当の目的はそれだ。ボランティアが楽しかったのも事実だが、杉井がいなければまた参加する気は起きなかっただろう。

だから次に会った時、もう一度彼に話を聞いてみようと思った。

3

洸は次の日曜日にもこどもセンターに向かった。先週と同じように杉井とあゆみもいて、他にも数人いる大学生ボランティアと共に、同じ広間で、子供たちにリズム体操とやらの指導をした。一緒に踊らされたり、我儘を言って泣いて暴れる子供を宥めたり、急に体調を崩した子供を介抱したりと、この日も忙しかった。

「就活でごそっと大学生が減っちゃったから、助かるよ」

子供たちを見送ったあと、長くボランティアをしているというスタッフに言われて、洸は少し後ろめたくなった。

「もっと大きいイベントとかキャンプなんかだと、結構来てもらえるんだけど、週ごとのはなかなか人手が足りなくてさ。洸君も、よかったらまたおいで」

洸は活動のあとに杉井と二人で話をしたかったのだが、杉井は本部事務所に用があるとかでうまく誘えず、結局この日はまじめにボランティア活動をしただけで終わってしまった。

収穫と言えば、どうにか杉井の連絡先を、活動に必要だからという名目で聞き出せたことくらいだ。

夕方家に戻ると、ちょうど万貴もホテルのアルバイトから帰ってきたところらしく、玄関で鉢合わせした。

「洸、今日も部活じゃなかったのか？」

昼前に洸が家を出た時、万貴はすでにアルバイトに出かけたあとだった。日曜日は大抵テニス部の練習があるのに、制服姿ではなく私服の弟を見て、そう訊ねてきた。

「うん、部活じゃない」

それだけ答えて、洸はそそくさと階段を上がる。なるべく素っ気なくはならないように気をつけたが、いつもと態度が違うことは明らかだ。かすかに後ろめたくて、階段の途中で振り返れば、万貴が少し困ったような顔で自分を見ているのがわかり、洸は慌てて前を向いた。

（でも……万貴、気にしてる？）

いつもとは違う弟の態度に、万貴は戸惑っているようにも見えた。

何があろうと常に冷静で穏やかで、うろたえることなんて天地がひっくり返ってもあり得ないと思っていた万貴が、自分のことで困って、戸惑って、心配そうにこっちを見ている。

そのことについて考えた時、洸は胸と腹の間が痛むような、体の奥から微かな震えが来るような、おかしな感触を味わった。

(万貴が、俺のこと、考えてる)

自室へ半ば駆け込むようにして、ドアを閉めたあと、洸は不自然に鳴っている心臓の上を掌《てのひら》で触れた。少しの間、鼓動が速くなっているのは、罪悪感のせいかと思っていた。大事な万貴を、誰より憧れている義兄を、困らせてしまった。それに対する罪の意識が、自分をも狼狽《ろうばい》させているのだと。

――でも、違う。

心臓を押さえるのとは反対の手の甲で、洸は頬にも触れてみた。少し熱い。きっと、紅潮している。

(嬉しいんだ)

今だけは、万貴の心の中を自分が占めているのかもしれない。そう考えると、歓喜の湧き上がるような感触が生まれる。そんなのはひどく子供染みていると思いつつ、洸は喜びを無視することができなかった。

万貴と出会って以来、洸は決して自分が利かん気の子供だなどと思われないように努力してきた。あの上等な人に、呆れられたり嫌われたりすることのないように。

そうすることで、万貴のそばにいられて、万貴から視線を向けられる時間が増えると信

じて。

でも初めて意図的に隠しごとを作ってみれば、万貴がいつもとは少し違う反応を見せた。

（……ボランティア、もうちょっと続けよう。万貴に隠したまま）

勝手に顔が弛《ゆる》むのを、洸は止めることができなかった。

◇◇◇

杉井に次会うとすればまたボランティアの現場か、彼もたまに足を運ぶという本部事務所かと思っていた。

だが予想に反して、平日の夜、杉井はまた万貴に連れられて天川家にやってきた。

テニス部の練習を終えて洸が帰宅した時は八時近くで——ここしばらく、洸は意図的に帰宅時間を遅らせている——両親はまだ仕事から帰っておらず、万貴と杉井は居間で何かのＤＶＤを観ているらしかった。万貴は自分以外の家族が家に揃っていない時はドアロックをかけないので、洸はなるべく音を立てないよう鍵を開けて玄関に入り、少し空いたドアから居間を覗いて、その様子を覗き見た。

（……やっぱり何だかんだ言って、杉井さんは万貴と仲いいんじゃないか）

なぜ杉井が万貴を指して悪魔などと評したのか、洸にはわからないままだ。

（仲がいいから気軽に悪口が言える、って感じなのかな……）

洸はまた音を立てないように、居間から離れた。ここのところ万貴には極力自分から声をかけないことにしている。そんな洸の態度に、万貴だけではなく、両親もすぐ気づいたようだ。

「洸さんは反抗期かしら」、などと話している二人の会話を思い出し、洸は苛立ちと羞恥の入り交じった気分を味わった。反抗期、という言葉で括《くく》られるとそれこそ反発を覚えるが、でも、そうなのかな、とも思う。

辞書で調べたら、反抗期とは自我意識の高まる時期に、周囲に反抗的な態度を示すこと、とあった。

洸はずっと万貴みたいになりたくて、万貴の真似ばかりをしてきたけれど、無意識のうちにそこを抜け出そうとしているのかもしれない。

（だって俺、万貴になりたいわけじゃないんだ）

万貴自身に成り代わりたいのだったら、杉井が気に食わないのはおかしい気がする。むしろ、自分も杉井と親友同士にでもなれるようにするか、あるいは万貴にとっての杉井と同じポジションになる友人を作ろうとするだろう。

本当は、万貴に憧れているわけではなく、万貴を目障りに感じているのだろうか。万貴に追いつくのではなく、万貴を出し抜いてやりたいとか、そんなことを思っているのだろうか。

自分の気持ちを計りかね、首を捻りながらひとまず自室に戻ろうとした洸の背後で、居間のドアが開かれる音がした。

「あれ、洸。帰ってたのか、おかえり」

万貴だ。洸の気配に気づいたのか、居間から顔を覗かせている。

「——ただいま」

洸は咄嗟に万貴から目を逸らす。感情ではなく計算がそうさせた。そういう自分にどこかで驚きもした。

本当は、こんな自分を見て、万貴がどんな表情になったか確かめたくて仕方がなかったのに、堪えることができた。

「夕飯、すぐ食べるか？　今杉井が帰るところだから、これから支度するけど」

ＤＶＤは終わったところだったのだろうか。万貴の後ろ、居間の中をちらりと見遣ると、杉井がケースにＤＶＤをしまっているところが見えた。

杉井がもう帰る、と聞いて、洸はほっとしてしまった。

「……食べる。着替えて、支度手伝うから」

——結局、杉井という邪魔が入らず万貴といられることに、どうしても嬉しさを感じてしまう自分が、何だか少し惨《みじ》めだった。

部屋に戻る前に、居間から廊下に出てくる杉井と目が合った。洸はごく儀礼的な会釈だけを返す。ボランティアのことも、そこで杉井と顔を合わせていることも、万貴には秘密のままだ。杉井の方も、特に親しみなど籠《こ》もらない、適当な調子でぺこりと洸に向けて頭を下げた。

「じゃあな、杉井。気をつけて帰れよ」

声をかけた万貴にも、杉井は何度か軽く頷きを返しただけで、家を出ていった。

「じゃあ、おかずあっためておくな」

杉井の出ていった玄関を何となく見遣ったままだった洸は、万貴に声をかけられて我に返り、急いで自室へと着替えに戻った。

キッチンに向かい、万貴と手分けして夕飯の支度をすませて、テーブルにつく。今日も両親とも仕事で遅い。ここしばらく、万貴がアルバイト、洸もテニス部の練習がある日は仲間と寄り道をしたり、日曜はボランティア、平日も事務所で手伝いをしたりという日が続いたから、洸が万貴とふたりで食事をするのは久しぶりだった。

食べはじめてから、部屋がしんとしているのが嫌で、洸はテレビのスイッチを入れた。かといってバラエティ番組の賑《にぎ》やかさも虚しい気がして、ニュース番組を流した。

万貴はニュースは気にせず、黙然と食事を口に運んでいる。

二人でいれば、いつもならどちらかといえば洸の方が万貴に学校であったことを話したり、万貴に大学のことを聞きたがったりで話しかけていく。だが今は洸も意図的に黙り込み、ただ夕食の煮物や味噌汁《みそしる》などを食べるばかりだ。

沈黙は洸にとってひどく居心地が悪い。

「――洸、おまえさ」

だから万貴に呼びかけられた時、洸はやたら驚いて、焼き魚に伸ばしかけた箸が止まってしまった。

「何……？」

「アルバイトでもはじめたのか？」

「え」

「最近、部活のない日でも帰りが遅いし、日曜日も行き先も言わずに出かけるし」

テニス部OBの万貴は練習のある曜日も、最終下校時刻が何時かも熟知している。そんな問いかけがそろそろ来るのではと、洸も予測していた。

だからどうにかそれ以上動揺を表に出さないように、再び焼き魚へ箸を向ける。

「友達と遊んでるだけだよ。練習のあとに寄り道したりっていうのもあるし」

「ふうん……」

内心は、緊張している。洸が友達と遊ぶよりも勉強をしたがっていることも、万貴はよく知っているはずだ。急な変化を訝しく思うのは当然だろう。

「二年になってから、気の合う友達が増えたんだ。勉強はまあうまくいってるし、少しくらい遊んでもいいだろ」

ボランティアの件については、杉井の意向もあるし、隠しておきたい。——だが、完全に隠しごとをしてしまうのでは、つまらない。

「すごく遅くなってるわけでもないし。それにもう俺だって高校生なんだし、いちいち親とか……兄さんに行き先伝えて出かけるのも変だし」

万貴には、言いたくない。

そんな思いを言葉と口調に滲《にじ》ませて言ってみる。

「……そうか」

万貴がまた少しだけ困ったような笑顔になるので、洸はうまく万貴の気を惹くことができただろうかと、さっきまでとは違う意味で心臓が鳴るのを感じた。

「でももし欲しいものがあったり、ただ経験のためにと思ってアルバイトをしたくなったら、ちゃんと父さんとお母さんには話をしろよ。携帯もあるから、たしかにいちいち行き先を知らせていく必要はないかもしれないけど、働くとなったら話は別だからな？」

しかし、万貴の口調はただ弟を窘める響きしか持っていなくて、洸はガッカリした。

自分が万貴にどういう反応をしてほしかったのかはっきりとはわからないのだが、少なくともこんなふうに、保護者丸出しの調子で窘められたくはなかった。

(何か違う……けど、俺は、どうしたいんだろう)

万貴がうろたえて、困った顔をするのが見たい。

でもそれは、不出来な弟をただ案じて浮かべる苦笑いであってほしくはない。

「……わかった、そうする。もし本当に、バイトしたいとか思ったら」

そんなの俺の勝手だろ、いちいち万貴に指図される謂《い》われはないよ――とか、反抗心を剝き出しにして言うことはできなかった。そうすればますます万貴の態度は保護者が子供に向けるようなものになってしまう。

「うん」

万貴は弟の返事を聞いて、ほっとしたように笑った。

(欲しいのは、こんな顔じゃない……)

少しずつ、澱《おり》が積もるように、洸の中で言葉にできない苦い感覚が増えていった。

◇◇◇

翌日も、洸が学校から戻ると、居間に杉井がいた。

そして昨日と同じように、万貴と一緒にＤＶＤを観ていたようだった。洸の帰宅に気づくと、杉井がやはり昨日と同じくＤＶＤを止めてデッキから取り出し、帰り支度を始めている。

「――俺、部活のあとにちょっと食べたから、夕飯はもう少しあとでいい。兄さんは先に食べてて」

居間に向けてそう言って、洸は万貴の返事を待たずに二階に上がった。部屋に戻ると、鞄を投げ出し急いで制服から私服へと着替える。それから少し部屋のドアを開けて、階下の様子を窺った。

万貴と杉井が何かやり取りをしている声が聞こえてくる。杉井が万貴に別れを告げ、ドアを開けて外へ出ていった。洸はそのままじっと待ち、二、三分経ったところで部屋を出た。

階段を降り玄関で靴を履いていると、万貴が再び居間から顔を覗かせた。

「洸？　出かけるのか？」

「うん――ちょっと、欲しい本があったの思い出したから、駅前の本屋まで」

答えた自分の背後で、万貴が少し眉を顰めているような感じを、洸は勝手に味わった。

「もう遅いぞ、明日にしな」

実際、返ってきた万貴の声はどことなく渋い。

「どうしても今日読みたいんだよ。行ってきます」

万貴の言うことを聞かず、洸は外へ出た。暗い道にぽつぽつと街灯の明かりが点《つ》いている。家の前の細い路地には、犬の散歩をしている年配の男性の姿しかない。洸は男性に礼儀正しく「こんばんは」と挨拶しながら、駅の方――帰宅する杉井が向かった方へと進んだ。道を折れ曲がり、もし万貴が家の窓から外を見ても視界に入らないところまで来てから、急いで携帯電話を取り出す。

杉井の番号にかけた。

『――もしもし？』

留守電設定にしているのならそれに切り替わるぎりぎりというところで、杉井が電話に出る。洸が名乗って駅前で待っているよう頼むと、少々困惑した声音ながら了承してくれた。

電話を切ってから洸が急いで駅に向かうと、杉井は約束通り改札へと続く出入口の前に立っていた。

「章介さん」

杉井は電話口の声と同じく困ったような顔で、声をかけながら小走りに近づく洸を迎えた。

「天川の目を盗んで追い掛けてきたってことは、ろくな用事じゃないんだろうなあ……」

万貴のいる家では話せないから、洸が自分を追い掛けてきたと、杉井はもちろん承知しているようだ。

「すみません、レクの日とかだとあゆみさんがいて話せないから」

杉井のいる団体では、フレンドシップを大切にしようとかいうことで、ボランティア同士や子供たちを相手に敬語は使わず、名前で親しく呼び合うことになっている。だから洸もそれに従って、杉井のこともあゆみのことも、下の名前で呼ぶようにしている。杉井の方も同様だ。

「……天川のことだろ？」

杉井は洸が何の話をしたいのかも、すでに察しているらしい。ボランティアに関することなら、学校であゆみに聞けばいいのだから、当然といえば当然だろうが。

連絡先は知っているのだから電話で話してもよかったのだが、万貴が家にいる時は誰と何を話しているのか気づかれそうだし、万貴が家にいない時は杉井と一緒にいるかもしれないので、タイミングが難しかったのだ。

「そう、兄のことですけど、前に章介さんが言ってた……歪んでるとか、悪魔だとか、どういう意味なのかちゃんと聞きたくて」

それ以上に、何より洸が引っかかったのは、『やっぱり、おまえも何も気づいてないんだな』という言葉だった。

(俺が何を気づいてないっていうんだよ)

ボランティア活動を通して杉井という男を見てみれば、よく気が利くし、面倒見がいいし、朗らかというほどではないが社交的で、身のこなしも軽く、リーダーシップもある。

そもそも進んでボランティアをしているくらいだから、誠実な人間なのだろうとも思う。

万貴と一緒にいる時とは別人のようだ。だから洸は、杉井個人に関しては、割合好意を持つようになった。

――が、それでも、杉井の方が万貴を知っているという態度を取られるのは許しがたい。

「教えてもいいけど……でもやっぱり、おまえ、信じないと思うぞ」

困り果てたように杉井が言い、洸は勿体《もったい》ぶられている気がして苛立つ。いいから、と食い下がると、杉井はしぶしぶ口を開いた。

「……たとえばな。天川とはゼミの同じチームで研究してるんだけど、OBからそれ関連のDVD借りたから見せてやるって、家に呼ばれたんだよ」

洸が帰ってきた時に、二人が居間で観ていたものだろう。杉井は昨日今日と同じ目的で天川家を訪れていたらしい。

「けど昨日はおまえが帰ってきたからって、途中なのにぶった切って、とっとと帰れって追い出された。それでまた今日も来たけど、さっき残り十五分程度だったのに、あとは持って帰って観ろって」

「え……」

万貴は自分の帰りを待ってくれていたのか。洸はパッと嬉しさを胸に宿しかけたが、渋い顔を続けている杉井に、彼の言いたいところはそこじゃないらしいと悟り、首を捻った。

「俺が帰ってきたら邪魔になるから、ゆっくり観ろってことじゃないですか？」

「残り十五分だぞ？　押しつけて追い返すくらいなら、最初から貸してくれればいいじゃないか。あいつ、DVDは大学に持ってきてたんだぜ。観たけりゃうちに来い、でも洸が帰ってきたらさっさと出て行け、って」

「それでも、短い時間でもいいから章介さんと一緒に観たかったってことじゃ」

「ほらなあ」

杉井はこれ以上はないというほど苦り切った顔になって、溜息をつく。

「そうやって、みんな、あいつの行動をいい方へいい方へ解釈するんだよ。俺が天川を妬んでるから悪意的に捉えるんだろう、ってな」

正直、洸もそう思った。勉強に必要なＤＶＤを一緒に観ようと誘う時点で、万貴の方は杉井に対して好意的なように見える。

「じゃあそもそも、天川が何で何かと俺を誘うかって話だよ」

主要駅ではないので地下鉄の出入口近辺にはあまり人の行き交いはなかったが、杉井が少しそこから離れ、建物沿いに作られた花壇のふちに腰を下ろした。長くなるのだろうか。もちろんそれに付き合う気で、洸も杉井の隣に座る。

「知り合った高校の頃から、あいつに声をかけたい奴っていうのは掃いて捨てるほどいた。特に女たちが、どうにか天川の気を惹こうって、水面下でも表立ってでもすごい争いを繰り広げてた。わかるだろ？」

問われて、洸は頷く。万貴みたいにあらゆる部分で優れた人を、周囲が放っておく理由がない。――そういう気持ちを、洸がわからないわけがない。

「天川といれば、教師よりわかりやすく勉強を教えてもらえたり、連れて歩けば自慢になるし、話してて単純に楽しいとか、綺麗な顔を見てて気分がいいとか、親切にされて居心地がいいとか、いいことずくめだ。損得抜きで、純粋に天川を崇拝してる奴も多い」

言いながら、杉井がちらりと洸を見た。杉井は何だか大袈裟な言葉を使う人らしい。でも、『崇拝』というその響きは、洸が初めて万貴と出会ったあの瞬間に始まったことと、あまりに綺麗に合致する気もする。

「みんなにもてはやされて、天川が増長したって不思議はないんだ。傲岸に振る舞って敵が出来たとしても、それ以上の強さで天川を崇拝する奴が反比例的に増えると思う。でもあいつは本当に頭がいいから、そんなことしない。誰にでも平等で優しく、親切で、人に攻撃される隙を絶対に作らない。もしあいつを扱き下ろしたところで、それこそ嫉妬してるだの、天川さんに張り合おうとするなんて馬鹿じゃないのとか、笑いものになるだけだ」

「頭がいいからっていうか……兄は本当に、ただ平等なだけだと思うんだけど……」

だからこそ最近の洸には苛つくし、辛いのだ。友人にも、家族にも平等な万貴。

特別なのは、この杉井くらいだ。

「じゃあ、何で天川は俺だけ特別扱いするのか、考えてみろよ」

なのによりによって杉井当人からそんな質問を投げかけられて、洸はまた腹が立ったし、傷つきもした。

「言われなくても考えてますよ、俺にはわからないけど。……兄にとっては章介さんと一緒にいたい理由があるんでしょ」

「簡単なことだよ。俺が、天川が苦手だからだ」

杉井の答えを聞いた洸は、眉を顰めて相手を見返した。

「苦手って、どうして？」

「……俺には逆に何で周りの奴らがわからないのかが理解できないんだけど、俺には天川の考えてることがすごくよくわかるんだよ。にこやかに誰かと話してる姿見て、あ、天川は全然こいつに興味がないなとか。親切ぶったこと言ってるけど、結局面倒を人に押しつけて、なのに感謝される流れに持っていってるなとか」

「そんなの、どうやって」

「だから、たとえばさっき言ったＤＶＤだよ。できるだけ天川のそばにいたいって考えてる奴が、『俺にはあまり時間がないけど、ためになる映像だから、よかったらうちに来て一緒に観ないか？』って誘い文句を言われたら、どうなると思う？」

「どうって……」

「『時間がない中わざわざ声かけてくれて、家にまで招待してくれるなんて、何ていい人だろう！』」

洸にも、そう考えるのが自然に思える。そもそも万貴から声をかけられるのが嬉しいし、それが自分のためになるからと考えてくれたのならますます嬉しいし、家にまで誘ってもらえるなんて、どれだけ特別気に懸けてもらえているのだろうかと、舞い上がらずにいられないだろう。

「でも天川の本音はこうだ。『ただでさえ杉井はアホなんだから少しは勉強して同じチームで研究して俺の足を引っ張らない努力をしろ、ＤＶＤを貸してやるからありがたく思え。あと今日は洸が帰ってくるまで暇だからうちに来て観ていけ、ついでにお礼としてコーヒーの一杯くらい奢らせてやる』」

すらすらと言う杉井が、洸はさすがに気の毒になった。

「……章介さん、ちょっと……被害者意識が強すぎるんじゃ……」

というより、気分的にどん引きしたかもしれない。

「でも実際そうなんだよ」

杉井は譲らない。

「天川の本音って、隠してるのを俺が邪推してるんじゃないぞ。あいつが実際俺に向かってそう言ったんだぞ」

きたら、周りはどう思う？」

「じゃあまた聞くけど、天川にたった一人だけ、親友とか呼ばわるような特別な相手ができたら、周りはどう思う？」

「まさかあ」

「――え」

杉井は大真面目な顔で、洸を見ている。

「洸はどう思ったよ。自分が崇拝する兄貴が、いまいち地味だし平凡そうな奴を『親友なんだ』とか言って家に連れて来た時。正直、何でこいつが？　って思っただろ？」

また杉井の言い種は自己卑下が過ぎる気がしたが、しかし事実でもあったので、洸は困って頷くことも否定することもできずにいた。

その洸の態度を、杉井は肯定として受け取ったらしい。

「みんなそう思うんだよ。でも、天川の耳に入るところで『親友』の俺を悪く言ったら天川に嫌われるだろ、だから天川の前では俺のことまで持ち上げる。でもあいつがいない時は、さり気ないイヤミを言われたり、逆に俺を通じて天川に取り入ろうとして気持ち悪いお世辞を並べ立てたり、俺がどれだけ居心地が悪いか、考えてみろよ」

「それはまあ……そうなるかもしれないけど……」

嫌味を言いたくなる人の気持ちも、取り入ろうとする人の気持ちも、洸には想像がつか

ないわけじゃない。洸だって、何度杉井に向かって「どうしてあんたが万貴の親友なんだよ」と詰問したかったか。

そんな格好悪いことを万貴ならしないだろうという絶対的な指針があったので、堪えてはきたが。

「――で、天川が、そういう状況になることに、気づかないと思うか?」

そして杉井に重ねて問いかけられ、洸は、返事に困った。

(……万貴が気づかないはずがない、ってこと、俺もつい最近考えなかったか?)

沙綾のことだ。弟の彼女に声をかけたら、その子が自分を好きになるということに、聡い万貴が思い至らないはずがない。

それでも配慮してもらえなかったのは、万貴にとって、弟なんか取るに足らない存在だからじゃないかと傷ついて、拗ねた。

(でも、杉井さんは、万貴にとって特別なんだぞ?)

そこで洸は混乱し、口を噤む。

「天川は、バイトも他の予定もない日に人に誘われた時、俺をダシに使うんだ。『ごめん、今日は杉井と先約があるから』って。『杉井に一緒に本屋に行って欲しいって頼まれてるから、またな』、なんて申し訳なさそうに言えば、周りはそれ以上天川を無理に誘うことはできずに引き下がる。で、そいつらが俺をどう思うかはわかるだろ？」

わかる。いつもいつも万貴を独り占めしやがって、少しは空気を読んで遠慮しろ、だ。

洸は杉井が遊びに来るたび、どこかでそう思っていた。

「でも、俺は自分から天川を誘ったことなんて一度もないんだぞ」

「え？」

驚いて目を見開く洸を、杉井は相変わらず真顔でみつめている。

「だって俺はそもそも天川が苦手なんだ。笑顔が嘘臭くて、言ってることが何か小説とか映画みたいに綺麗すぎるから、俺とは合わないなって。でも苦手意識は出さないように注意してた。高一の頃はクラスも違ったし、テニス部で一緒ってだけだったしな、関わらないでおこうって距離置いてたつもりなんだけど——入部して一ヵ月も経たないうちに、天川にはバレたんだ」

「……章介さんが、兄を苦手に思ってるってことが……？」

そう、と杉井が頷く。

「しかも、どの辺が苦手だってこともだ。その時以来、天川は俺を親友だとか言うようになって……そこから俺の人生の暗黒期が始まったんだ……」

杉井は項垂《うなだ》れ、呻《うめ》くように呟いている。また大袈裟な言い回しを、と洸は思ったが、杉井が本気で絶望的な様子になっているので、茶化せない感じだった。

「俺は馬鹿だったから、『天川に裏表があることなんて誰にも言わないから！』って口に出して言っちゃったんだよ。語るに落ちるってやつだ。天川は、『何で杉井にはわかっちゃったんだろうなあ』って笑ってたけど、あの笑顔こそ、悪魔って呼ぶに相応しい……」

「……裏表……？」

「自分の周りに群がる奴らに、天川は何の好意も持っちゃいない。いや、十把一絡《じゅっぱひとから》げで興味はあるんだろうな、自分が何を言ってどう動いたら、みんながどういう反応を示すか、いつも実験してるみたいなとこがある。それで実際、天川の思ったとおりになるんだ。人を争わせて、ありもしない友情だの愛情があると錯覚させて、引っかき回しておもしろがってる。しかもやり方が酷《ひど》い。誰かが誰かを妬む心とか、表に出さないようにしていた本心をうまいこと曝《あば》いて、人間関係がしっちゃかめっちゃかになるのを、自分は高いところから眺めて笑ってる。それで悩んだり悔やんだりしてる相手に親身になって相談に乗ってやる姿を見る時なんか、俺は最高にぞっとするよ」

洸はどうしても杉井の言うことがうまく飲み込めなかった。

万貴がそんな人間だなんて信じられない、ということではない。

杉井の言うことに具体性が欠けていて、どういう時にそんなことが起こせるのか、想像がつかなかったのだ。

洸の周りでも、クラスメイトや部活仲間たちが衝突したり、恋愛絡みでぎくしゃくすることはある。人が集まるのだからすべてがスムーズにいかないのは当然のことだし、奇蹟的な偶然で誰かの恋が成就する話だっていくつも転がっている。

恋愛について考えた時、洸は沙綾のことを思い出した。

（……万貴が彼女と一緒にお茶を飲んだのは、俺を軽く見てたからじゃなくて……『引っかき回し』たかったから……？）

万貴がそんなことするわけがない、と考える頭の片隅で、洸は沙綾の前に付き合ってきた女の子についても思い出した。

全員が全員、洸から万貴に心変わりして、去っていった。あれは、本当に仕方のないことだったのか？

「……そんな……そんなの、でも、何のために」

杉井の言うことなんて笑い飛ばしてしまいたかったのに、呟く自分の声が変に掠《かす》れていて、洸は無意識に喉を摩《さす》った。

「兄さんにもし嫌いな人がいても、どうせ誰と何やったって兄さんが勝つに決まってるんだから、陥れるような真似はする必要ないじゃないですか」

「言ったろ、天川は好き嫌いでは動いてないんだよ」

この杉井の言葉の意味も、洸には理解できない。

「ただおもしろいから。何も悪事を捏造《ねつぞう》して他人を陥れてるわけじゃなくて、たとえば、パズルのゲームがあるだろ。同じ色のパネルを並べるとそれが消えて、連鎖して、空いた空間にまたパネルが落ちてきて、上手く並べて、いっぺんにどれだけ消せるか試したり。天川が最初にちょっとパネルを動かすだけで、ものすごい数の連鎖が起こって、でも天川の頭にはもう結果が見えていて、実際そのとおりになるんだ」

そこで杉井が微かに溜息をついた。

「天川から距離を置きたくて、あいつの知らないところでボランティア活動とか始めてみたけど、今はあそこが俺にとっては大事な場所になってるんだ。天川に知られたら、偽善を嗤《わら》われるだけならまだしも、またおもしろがって滅茶苦茶にされるかもしれない。だから絶対に言わないでくれ。俺はできれば、というか絶対、大学卒業後は天川と違う道に行ってみせる。大学も別のところに行くつもりだったのが、気づけば天川と同じ学部同じゼミにまで入る羽目になって、この上就職先まで同じなんてことになったら、俺の人生は……」

杉井は思い詰めた顔で、後半はブツブツと独り言のように呟いている。

洸はただ、混乱した。

◇◇◇

混乱したまま、洸は杉井と別れて自宅へと戻った。

部屋でぼんやりしていると、ノックの音がする。ベッドに座り込んでいた洸は立ち上がり、ドアを開けた。万貴が立っていた。

「洸？　どうした、何だか顔色が悪いぞ？」

万貴は洸を見ると心配そうに首を傾げた。

いつも通りの、出会った時から変わらない、優しい兄の顔だった。

「具合が悪いなら、もう休みな。夕飯食べる元気があるなら温めるけど」

そう言いながら、万貴の手が洸の額《ひたい》に伸びる。熱を測ろうとする自然な動きだったのに、洸は必要以上にびくりと体を震わせ、咄嗟にその手を払ってしまった。

万貴が驚いたように目を瞠《みは》っている。

「――洸？」

「か……風邪、ひいたみたいだから。寝る」

絞り出すようにそう言って、洸は万貴の体を両手で押し遣り、外開きのドアを閉めた。

(何かもう、よくわかんない)

考えるのを放棄して、洸はベッドに潜り込むと頭から布団を被った。

眠ることなんてできなかった。

◇◇◇

翌日、具合を心配する万貴には大丈夫だと言い張り、洸は学校に向かった。

自分の教室に向かう前に、ひとつ別のフロア、一年生の教室のある階へ足を運んだ。

ゆうべのうちに約束をしたとおり、廊下の片隅で沙綾が待っている。眠れずにいる間、自分から彼女にメールで「聞きたいことがある」と連絡しておいたのだ。

「急に悪い、呼び出したりして」

「いえ……」

最後の別れが険悪だったうえ、沙綾は洸と別れたあとすぐにテニス部を辞めてしまった。

だから無視されるか、待っていてくれてもきっと不機嫌な態度だろうと思っていたのに、予想外に彼女は大人しかった。

「また天川先輩の方から連絡をもらえるなんて思ってなかったから、嬉しいです」

そう答える時に少しはにかんでいるようでもあったので、何となく内心焦る。

「別に縒《よ》りを戻せとか頼みに来たわけじゃないから、安心して」

気遣うつもりで釘をさす。途端、彼女がふと自嘲気味な笑みを漏らしたので、洸はまたぎくりとなった。

「わかってます。で、何ですか、聞きたいことって」

「――兄のことなんだけど」

どうしても彼女に確かめたいことがあった。

昨日杉井から聞いた話は腑に落ちなかったり、信じがたいことばかりだったが、洸にとって心当たりが皆無なわけでもなかったのだ。

「上原と会った時、どんな話をしたか、教えてほしい」

「天川先輩の話をしただけですよ。私が色々愚痴を言ったんです」

沙綾は、洸がなぜ今さらそんなことを聞きたがるのかと怪訝がる様子もなく、すぐに答えてくれた。

「愚痴？」

「先輩からあんまり本気で好かれてる感じがしない。彼女として大切にしてくれてはいるみたいだけど、どこか義務みたいで不安になる」

「――」

洸の方は、言葉を失った。沙綾がそんなことを思っていたなんて、想像もしていなかったのだ。

「もしかしたら他に好きな人がいて、私はその当て馬か何かなのかもしれない。――そう言ったら万貴さん、弟はそんな奴じゃない、信じて欲しいって、親身に言ってくれましたよ」

沙綾の声音には微量に洸を責める気持ちが含まれている気がした。いや、実際に今、洸は彼女から責められているのだろう。

「洸はそんな不誠実なことをする奴じゃない、兄として俺が保証する、って何度も。そう言われると、自分がただ拗ねて我儘を言ってるだけって思われてる気がしてきて、逆に落ち着かなくて……」

続けながら、沙綾は今度は少し訝しそうな様子で小さく首を傾げた。なぜ自分がそんな気持ちになったのか腑に落ちない、という雰囲気だった。

「必死に、そんなことない、天川先輩は絶対浮気してる、ってカフェで主張して、周りからじろじろ見られちゃいました。万貴さんには申し訳ないことしたな……」

そんな沙綾を、万貴はひたすら根気よく宥めたのだという。

「それでも私が駄々っ子みたいに信じられない信じられないって言ってたら、万貴さんは、でも天川先輩はもし私に他に気になる人ができたりでもしたら、焦るに決まってるって。上原さんくらい可愛らしい子なら他に狙ってる奴が多いのもわかってるだろうし、ないがしろにするなんてことはあり得ないよ、って。……だから私、今考えたら本当に馬鹿みたいで、どうしてそんなみっともないことしたのかわからないいんだけど……鎌をかけたんです。他に気になる人ができたふりをして」

「……兄のこと？」

訊ねた洸に、沙綾が悔やむ顔で頷いた。

「だってこの学校の中で天川先輩以上に格好いい人なんていないのに、同じ学校の人の名前を挙げたって、信憑性《しんぴょうせい》がないもの。それにお兄さんに自分の彼女が取られるかもって思ったら、きっと慌てるだろうなとも思って」

それで沙綾は、万貴が素敵だと、繰り返し口にしていたらしい。

あの時そんな彼女を見て嫌な予感がしたものの、洸は平然とした態度を貫いた。慌てたり、腹を立てたりするのは、自分の理想とする『天川万貴』の姿ではなかったから。

「でも先輩はヤキモチなんて少しも妬いてくれなかったから、あとで万貴さんにそうメールしたんです。全然万貴さんが言ったことと違う！　って。そうしたら、万貴さんは、そんなことない、きっと内心では慌ててるはずだから落ち着いて様子を見た方がいいよって宥めるみたいな返事が来て。でも私は落ち着いたりなんかできなくて、もう一回、先輩のこと試したんです。本当に先輩が慌ててるのか、気になって仕方なくて」

そして彼女が何をしたかは、洸にもわかる。

「それで、別れたいって俺に言った……」

苦い顔で、沙綾が頷いた。

「そしたら先輩、あっさり頷くし。私、腹が立って腹が立って、悲しくて、でも自分がそんな馬鹿みたいなことしたって友達にも言えなくて、万貴さんに電話したんです。でも出てもらえなくて、まあ当たり前よねって思って。万貴さんは弟を信じてほしい、落ち着いて様子を見ろって言ってくれてたのに、私が先走って暴走して、勝手に失敗したんだし。だからもう万貴さんの連絡先は削除して、メールも電話もしてません。――それだけは信じてもらえませんか」

縋《すが》るように言われて、洸は頭の芯がずきずきと痛むような感覚を味わいながら、頷いた。

――どうしても、昨日杉井から聞いた話を思い出す。

（万貴は、こうなるってわかってて、上原と話をしたのか……？）

今考えたらどうして洸に鎌をかけようなんて考えたのかわからない、と沙綾は言った。万貴と話しているうちに、そうしよう、そうするべきだと思い詰めてしまったのかもしれない。

そして洸は、沙綾と別れたと告げた時の万貴の顔も思い出した。万貴は驚いたように目を瞠って、言葉を失って、そして洸に謝った。

（あれが、演技だったっていうのか？　でも何のために？　何で万貴にそんなことする必要があるんだよ？）

杉井の言うとおり、ただ『おもしろい』という理由なのか。

そう考えて、『万貴にとって取るに足らない存在だと思われて配慮してもらえなかったのでは』と疑った時よりも、もっと最低な気分を洸は味わった。

「……あの、今さらこういうことを言うのも馬鹿みたいってわかってて、言いますけど」

青ざめる洸に、沙綾が消え入りそうな声で呼びかけた。

「他に好きな人ができたっていうのも、別れたいって言ったのも、嘘なんです。だからまた私と付き合って……くれたりは、しませんよね」

自分でも自分の言葉の馬鹿馬鹿しさを実際感じたのだろう、沙綾は後半をまた自嘲気味に言った。

「……ごめん」

洸には頷くしかなかった。

沙綾にもわかっているとおり、この状態でまた何もなかったかのように彼女と付き合うなんて不可能だ。

「……ほんと、馬鹿みたい」

そう呟いてから、沙綾が洸に頭を下げて、自分の教室へと戻っていく。

洸は廊下の壁に寄りかかり、混乱する頭を片手で押さえた。

「万貴と、話をしなくちゃ……」

沙綾から聞いた万貴の対応は、何もおかしいところがない。弟の彼女の恋愛相談に乗って、彼女の暴走を宥めて、破局したあとはずるずると関わることを避けて彼女との連絡を絶った。

万貴は洸にも嘘はつかなかった。洸がなぜ沙綾と会ったのかと詰った時、万貴は洸のことについての相談に乗っただけだと答えたのだ。沙綾の話を聞けば、それは事実だった。洸が勝手に腹を立てて信じなかっただけだ。万貴に落ち度はない。

ゆうべ杉井の話を聞いていなかったら、万貴に作為があったかもしれないなどと、思いつきもしなかっただろう。

（わざとそんなことするはずない、その理由がない。万貴に聞いて、そんなはずないって呆れてもらえれば、それでいい）

沙綾に話を聞けば、もっと決定的に万貴が何かを画策していた証拠か、あるいはそんな事実はなかったと笑い飛ばせる確信が手に入ると思っていた。

なのに結局、どちらとも言えないまま。

ただ洸にわかるのは、自分が万貴を信じたがっているということだけだ。

（俺の兄さんが、そんなことするわけがない）

万貴自身にそれをたしかめなくては、と思った。

◇◇◇

学校が終わったら、今日のうちに万貴と話をしよう。

そう決めて、そのことで頭がいっぱいになり、授業にも身が入らなかった洸のもとに杉井からのメールが届いたのは、ちょうど放課後になった時だ。

部活があるが、サボって家に戻ろうと鞄を手に取った時にメールに気づいて、洸はその文章を確認した。

『ボランティアのこと天川にバレた。洸と何かあったかって問い詰められて、気づいたら全部吐かされてた』

呆れて、洸は電話を取り落としそうになる。

(あ、あの人、自分で万貴にはボランティアのこと知られたくない、絶対言うなとか言ってたのに……!)

なのになぜ白状してしまったのか、洸には理解できない。

もしかしたら杉井自身にも理解できていないのかもしれない。

洸はとにかく、家路を急いだ。

4

もしかしたらまた杉井が来ているのだろうかと思ったが、洸が家に帰った時、いたのは万貴だけだった。

万貴は居間のソファでコーヒーを飲んでいる。洸は、万貴と話さなくてはと思っていたはずなのに、居間を素通りして二階の自室に向かった。

「洸」

だが洸の帰宅に気づいて居間から顔を出した万貴に、廊下で呼び止められた。

「ちょっといいか？　話をしよう」

「……」

万貴の声音は柔らかかったが、顔は真面目だ。いつもそうしてくれるように、おやつがあるから一緒に食べようとか、洸の好きなバンドがテレビに出てるぞとか、優しく呼んでくれる時とはまるで違う。

逆らうこともできず、洸は万貴に促されるまま居間に入り、ソファに腰を下ろした。

その隣に万貴も座る。

「杉井から聞いたよ、洸、あいつと一緒にボランティア活動してるんだってな」

「……」

あの野郎、と洸は今さら言っても仕方のない悪態を内心でつく。ボランティアのことを言うなと、杉井の方がさんざん洸に釘を刺していたくせに、昨日の今日でこれだ。ありえない。

（……それとも、あれほど隠したがってた章介さんの口を割らせるようなくらいの何かを、万貴がやった……？）

何にせよ、とにかく万貴にバレてしまった。隠しごとをしてやるだとか、思わせぶりに振る舞って万貴の気を惹いてやるだとかいう洸の計画は、これで台なしだ。

「この間、言ったよな。アルバイトがしたいなら、ちゃんと言えって。どうして黙ってたんだ？」

「……バイトじゃないし。金もらってるわけじゃない」

「そういうことじゃないだろ」

万貴はあくまで宥める口調だ。それでもいつもより少し棘《とげ》があるように感じるのは、洸の方に隠しごとをしていたという後ろめたさがあるせいか。

（自分で隠そうって思ってたのに、叱られて萎縮するとか……）

これじゃ本当に、ただの子供だ。

「ボランティアっていうのは、無償だからいい加減にやっていいっていうものじゃない。逆に損得抜きで人のために尽くす大事な役割だぞ」

「俺、いい加減になんかやってない」

聞き捨てならなくて、洸は万貴に反論した。それでも万貴の方を見られずに自分の足に目を落とす。

万貴に叱られることが怖いわけではなく、万貴に嫌われたらと思うことが怖ろしいのだと、膝の上で握った手が血の気を失っているのを見ながら思った。

「だったらなおさら、どうして家族に黙ってるんだ。お母さんも父さんも、最近洸が休みの日にどこに行ってるのか気にしてる。人のために役立とうって考えるのは尊いことだと思う。でもそれで身近な人を心配させるのは、違うだろ？」

「……」

万貴の言うとおりで、反論の余地もない。両親に告げることは欠片《かけら》も考えていなかった。そもそも人助けのためのボランティアでもない。万貴への当てつけのつもりでしかない。

「……でも、ちゃんとやってた」

それでも言ったとおり、活動自体は手を抜いたりせず、不誠実な動機で始めたことだからこそきちんと自分の役目を果たそうと頑張っていた。

そこを認めてもらえないことが、今は悔しい。

「それが今、洸のやりたいことなのか？」

万貴は洸の主張を納得するでも否定するでもなく、そう訊ねてくる。

「部活はどうした？　洸は部長だろ、ボランティアのためにサボってるんじゃないのか」

「……休む時は、休むって連絡してる」

「だから、そういうことじゃない。ボランティアをきちんとやってても、部活がおろそかになるなら、それじゃあまりに部長としての自覚がなさすぎる」

でもテニス部は、休日の練習に全員が必死になって出るようなところではない。塾に行くために日曜の部活には一度も顔を出したことがない部員だっている。そもそも洸以外は地区大会で出ると負けというレベルだったから、全体的に緩やかな空気なのだ。誰かがサボったところで、顧問すらきつくは咎めない。

洸は言い返そうとして、すんでに踏み止まった。万貴が部長だった頃は、みんなが熱心に練習して、そのために勉強が遅れがちになる者は万貴が見てやり、そして関東大会優勝という快挙まで成し遂げた。

それがすべて万貴の存在あってこそだということは、彼が卒業したあとは元どおりの弱小部に戻ってしまったことでも明らかだ。

そして洸は、万貴が部長をやっていた頃のように、部を引っ張ることができない。せいぜい個人で県大会に進む程度で、団体戦でチーム全体を全国に連れて行くなんて、どう足《あ》掻《が》いても不可能だ。

「二年の二学期からは、学校も受験に向けてのカリキュラムになるだろ。授業時間も増えて、ますます部活どころじゃなくなる。生徒会ではそろそろ文化祭の準備も始めないといけない。それ全部、洸はちゃんとこなしていけるのか？　今もうすでに、部活に手が回ってないのに」

同じ学校で、同じ部活と生徒会の同じポジションにいた万貴は、洸がすべきことを何もかも承知している。

万貴が言うことは全部正しい。洸が言い訳なんてできないくらい。

「手が空いている時、たまに誰かを手助けするのはいいことだと思うよ。でも、他の部分に迷惑をかけるならするべきじゃない」

自分の行動をはっきり否定されて、洸はカチンと来た。

「俺が何やろうが、兄さんには関係ないだろ」

叱られることが納得いかない。人の気も知らないで、と思う。万貴は何もわかってくれない。

わからないように隠したのは自分のくせに、悔しくて仕方がない。

(何で俺がこんなことしたと思ってるんだよ)

知られたところで、まさか頭ごなしに止められるとは思わなかったし、それがこんなに悔しいことだとは思わなかった。

「俺は俺の考えでやってるんだ。放っといてくれよ」

感情的に声を荒げてしまう。馬鹿な態度を取っていると自覚しているのに止められなかった。子供の駄々のようなことを言ってしまった。

もっと叱られる。そう覚悟して、洸はかすかに首を竦めた。

「……ふうん」

だが、隣から聞こえてきたのは、憤りでも、窘めるものでも、呆れた響きでもない、洸とは対照的に感情の薄い呟きだった。

「そっか。わかった」

ひとつ頷き、立ち上がる気配。

驚いて、洸は万貴を見上げた。万貴はもう話は終わったという様子で、もう洸には何も声をかけず、居間を出ていってしまう。

「……え……?」

洸はそれを呼び止めることもできないまま、呆然《ぼうぜん》と、立ち去る万貴を見送った。

呆気に取られたというしかない。居間を出ていったのは何か用事を思いついたからで、万貴はすぐ戻ってくるんじゃないかと、洸はしばらくその場で座り続ける。

だが万貴は、いつまで経っても洸のところに戻ってくることなどなかった。

(……どうしよう)

嫌なふうに心臓が鳴っている。手酷い失敗をした時に感じる緊張感。万貴の弟になって、万貴のような人になりたいと願ってからは、長らく忘れていた感覚。

ソファに座り込んだまま、洸は身動ぎすらできない。

(万貴は、怒ったのかな……呆れて、俺のこと、嫌いに)

万貴に嫌われたかもしれない、と考えた時、洸は全身から血の気が引いて、頭が真っ白になりかけた。

(……あや、まら、なきゃ)

思考も途切れがちになる。こんなつもりじゃなかったのに、と考えてから、洸は自分が万貴に何を望んでいたのかにやっと気づいた。

(怒られたかったんだ)

強く窘められて腹を立てながら、でも洸はどこかで喜びを感じてもいた。

万貴が自分を気にしている。そうなってほしいと思っていたとおりに。軽々しく口を割った杉井に、本当はよくやったと言いたかった。自分が万貴に隠しごとをしているとわかった時、万貴はどんな反応をするだろう。それを早く知りたくて仕方がなかったのだ。自分が反発してみせれば、万貴はもっと感情を見せてくれる。そう思って、挑発した。兄さんには関係ないだなんて、よくも言ったものだ。

何もかも、万貴がいてこそやっていることなのに。

——でも洸の無意識の期待に反して、万貴は不意に興味の失せたような態度になり、去っていってしまった。

じゃあ勝手にしろとか、そんな捨て台詞すら残してくれなかった。

（一瞥《いちべつ》もしてくれなかった……）

不安定に心臓を鳴らしたまま、洸はふらつきながら立ち上がる。家の中が妙に静まり返っている気がして、自分の息づかいや足音をやたら近くに聞きながら、二階に上がる。万貴の部屋のドアを叩く。

無視されたら、と怖くて仕方なかったが、万貴は洸の遠慮がちなノックを聞いて、そう待つまでもなくドアを開けてくれた。

「どうした？」

また、さっきみたいに平坦な声や眼差しを向けられることを覚悟していた。

だが洸を見下ろす万貴の顔には、いつもの彼らしく、優しい微笑が浮かんですらいる。

洸はそれで安心することなんてちっともできず、さらに血の気が引く感覚を味わった。

「あ、あの……さっき、あの、ごめん……」

釈明しなくちゃいけない。そう思うのに、焦燥感が募るばかりで、洸はうまく唇を動かすことができない。

「に……兄さんは、心配してくれたのに、あんな言い方」

「いいよ」

万貴はただ微笑んでいる。瞳に温かなものが宿っているように見えるのが、洸には不安で仕方がなかった。

「洸が決めたことだもんな。やりたいことがあって、それをやるのはいいことだ。頑張れ」

向かい合った万貴の手が頭の上に伸びてきた時、洸は咄嗟に身を竦ませた。その手は優しく洸の頭を撫でて、もう一度微笑みを残してから、万貴は部屋のドアを閉めた。

静かに、ぱたりとドアが閉まった時に、洸ははっきり理解した。

――今きっと、自分は万貴に見放されたのだ。

◇◇◇

「ねえ、鬱陶しい。何もする気ないならやっぱ帰って」

邪険な声で言われるが、洸は動く気もせず、ソファにだらしなく座り続けた。全身を背もたれに埋めるように、ぼんやり天井を見上げる。

あゆみは呆れたように洸を見てから、もう放っておこうと決めたのか、目の前のノートパソコンに視線を戻していた。

ボランティア団体の本部事務所で、洸は何をするでもなく、役立たずのままソファでぼうっとしている。

この日曜はこどもセンターでの活動がなく、別の場所で少し大掛かりなイベントがあって、他の人たちはそちらに駆り出されているという。小さな事務所にいるのは数人のスタッフと、事務机でウェブサイトの更新作業をしている杉井、隣の席に座ってそれを教わっているあゆみ、それに役立たずの洸だけ。

洸がここにきたのは、万貴への当てつけや反発のためではない。今日は部活がなくて、万貴のいる家には居辛くて、他に行くところもないから、あゆみに誘われるままぶらぶらとやってきただけだ。

（……万貴にこれ以上嫌われたくなかったら、万貴の言うとおりもうボランティアはやめるべきなんだろうけど……）

それを選ばずここへ来てしまったのは、まだ万貴に反発しているからではない。まるっきり逆だ。もし万貴の言うとおりにしたとしても、やんわりと、でもきっぱりと自分を見捨てた万貴が、自分を見直してくれたりはしない気がして怖かったからだ。

あれ以来、洸は万貴と顔を合わせていない。

洸の方が避けて、夕食の時間をずらし、朝食すら寝坊したふりで取らずに学校に向かい、今日も万貴がアルバイトに出かけている間にここへ来た。

「――洸」

パソコンでの作業が一段落したのか、手を休めた杉井が呼びかけてくる。あゆみは杉井に替わってパソコンの前に座り、杉井は洸の隣へと腰を下ろした。

「……悪い！」

そして、杉井はそう言って洸に向け深々頭を下げた。

「え……何が？」

杉井がいきなり自分に謝る意味がわからず、洸はきょとんとなった。

「さっきあゆみから聞いた、おまえはおまえで、天川にここに来てること秘密にしてたんだな。知ってたら、もうちょっと頑張って黙秘したんだけど」

「ああ……」

そういえば、杉井自身が万貴にボランティアの活動を隠したがっているようだったので、洸も同じだと彼に告げていなかった気がする。

思い返せば、万貴に口を割らされたという杉井からのメールには、洸に対する謝罪がひとこともなかった。杉井の性格だったら、今みたいにまず洸に謝っただろう。

「いいですよ。俺が口止めしとかなかったのが悪いんだし。自業自得だし」

自嘲気味に言う洸を見て、杉井が眉を顰めた。

「でも、天川に何か言われて、そんなへこんでるんだろ？」

今の洸の姿を見て、落ち込んでいるとわからない人は、世界中どこにもいないだろう。

「洸にはそれほどひどいことは言わないだろうと思ってたんだけど、もしかして俺が想像したみたいなこと、おまえも天川から言われたのか？」

「……章介さんが想像したみたいな……？」

何だったっけ、と洸は思い出してみる。

『自分のことすらままならないのに、人に手助けしようだなんて、杉井はずいぶんお偉くなったもんだなあ』

杉井は、ボランティアのことを知られたら、万貴にそう扱き下ろされると予測していた。

『でもまあどうせ何をやろうが息をして酸素を無駄にしてるだけなんだし、それでもミミズだってオケラだって杉井だって生きる権利くらいはあるんだし、好きにすればいいと思うけど、俺は』

杉井が言ったことを一言一句思い出せる自分の記憶力のよさにうんざりしながら、洸は項垂れた。

「……言い方は違うけど、多分、まったく同じこと言われたと思う……」

「ま、まあ、あんまり落ち込むな。というか、本当に悪かった。不意を突かれて、咄嗟に誤魔化そうとしたけど不可能だったんだ」

「……不意を突かれてって？」

「天川に、『おまえ最近洸と連絡取ってるだろ』って出し抜けに聞かれて」

「え」

これには、洸も驚いた。たしかに杉井とはボランティアで顔を合わせるし、用件があればメールや電話もするようにはなったが。

「あれ、え、何で兄さんがそれ知ってるんだ？　俺、兄さんの前で章介さんに電話もメールもしてないですよ？」

「俺だってわかんねえよ……でも何でか断定的に聞かれて、誤魔化しきれずに、どこで何のために会ったのかを詰問されて、答えちまった」

言いながら、杉井はちらりとさりげなくあゆみの方を見遣った。あゆみは、パソコンの操作を頑張って覚えようとしているらしく、杉井と洸の会話には気を払っていない。杉井が小声で続けた。

「『言わなければ、この間おまえと一緒にいた女の子がどこの誰だか調べちゃおうかな』、って天川に言われて」

「調べるって、何のために？」

「調べてどうするんだって俺だって聞いたさ、天川はニコニコしてるだけで何も言わなかったけど、多分ろくなこと考えてないのだけはわかった」

要は万貴に脅《おど》されたと、杉井は言っているらしい。

「俺は天川にどんな酷いこと言われようとされようと、関わっちまった自業自得だから諦めるけど、もしあゆみが嫌な目に遭わされたら、悔やんでも悔やみ切れないだろ」

「嫌な目……って、具体的に、どんな？」

「たとえば、あゆみを自分に惚れさせて、弄《もてあそ》ぶとか」

洸もこっそりあゆみの方を見た。ちょっと彼女が気の毒だなと思った。ボランティアに通ううち、彼女が杉井に憎からぬ感情を持っていることを、洸は何となく察していた。

「それはないと思う……」

「あるんだよ、誰だってあの顔で思わせぶりにされたら、コロッとその気になる。本当に誰だってだぞ、知らないだろうけど、あいつ相手が男でもそうやってたらし込めるんだ」

「――は？」

あゆみのためにもっと強くそんなことはないと言い張るべきか、それとも黙っていた方がいいのか悩みかけた洸は、杉井の言葉の最後の方を聞いて、その悩みが吹き飛んだ。

「思い出すのも最悪だけど、俺が天川に惚れてつきまとってるだのって思い込んだ本当にあいつに惚れてる男に、刺されそうになったことがあるんだぞ」

洸は背筋がぞっとして、無意識に自分の体を腕で抱いた。

「……章介さん、人からそんなふうに疑われるようなことを……？」

「違う！　何でそうなるんだ、違う！」

「章介、うるさい」

声を張り上げソファから腰を浮かしかけた杉井が、あゆみに叱られ、慌てて肩をすぼめている。

「――天川がそう仕向けたに決まってるだろ、こっちはあいつの暇潰しに付き合わされて、あやうく死にかけたんだぞ……！」

「……何かやっぱ、章介さんの被害妄想な気がするんだよなあ」

洸には、自分の義理の兄が、ただおもしろいからという理由でそんなふうに誰かを振り回すような人間だとは、どうしても思えない。

（そうだ――そういえば、万貴に上原のこと、聞けないままだった）

しかし沙綾から万貴とのやり取りを聞いた今でも、万貴に何か含むところがあったと言い張るには、無理がある気がする。

「悪意的に解釈したら、誰のどんな言動でも、嫌な方に嫌な方に展開できちゃうだろうし。……章介さん、ちょっと真面目にカウンセリングとか受けてみたらどうですか？　ここにもそういう専門のスタッフがいるんでしょう？」

洸が親切でそう告げてみたら、杉井はますます肩を落とし、深い深い溜息をついた。

「天川にへこまされといて、それでもあっちの肩を持つのか、おまえ」

「肩を持つっていうか……兄に言われたことは、考えれば考えるほど正しいし。兄はただ、もともと俺が生徒会とか他の仕事のせいで部活休みがちだってわかってて、なのにボランティアまで始めてっていうの、見かねて注意してくれたのに……俺が意地張って、関係ないとか突っぱねちゃったから……」

杉井に説明する間にも、洸はまた気分が沈んできた。

万貴の気を惹きたいなんてくだらない動機のせいで、万貴の優しさを踏み躙《にじ》ってしまった。

「放っといてくれとか、俺、どうして万貴にあんなこと言っちゃったんだろ……やっぱりちゃんと謝って……もう万貴は呆れて俺のこと見放したかもしれないけど、でもせめて謝って……」

言いながら、洸は泣きそうになる。万貴から見放されたかもしれないと考えることが、怖くて怖くて、どうしようもない。

「……いっそ万貴の前で泣き喚《わめ》いたら、俺のこと放っておけなくなるかな……」

重ねて、馬鹿なことを考えてしまう始末だ。そんなふうに無様なところを見せれば、ますます万貴に呆れられるだけだろうに。

「――洸」

結局涙目になりかけた洸に、低く杉井の呼びかける声が聞こえた。

「それは、やめとけ。絶対にやめとけ、自分の身が可愛かったらやめとけ、本気で止めるぞ、俺は」

「……わかってますよ、そんなみっともないことしたら、万貴にもっと嫌がられるってことくらい」

「そうじゃなくて……」

杉井はなぜか、困り果てたように頭を抱えている。

「……駄目だ、どう言ったって、俺の言葉じゃ信じないだろうし」

「何をですか」

洸の問いかけには答えず、しばらく項垂れて頭を抱えていた杉井が、やがて何かを決意した顔で洸を見遣った。

「このままじゃ、あまりにあいつの思い通りになっちまう。それじゃやっぱり俺の良心が咎めるから、おまえにも、おまえの兄貴の本性を教えてやる」

何を言ってるんだこの人は、と思いながら、洸は杉井を見返し、大きく首を捻った。

◇◇◇

杉井と万貴は一緒に天川家に戻ってきた。大学の講義が終わったあと、今日は携帯ゲーム機で遊ぶことが目的だ。

「だから何でわざわざ天川の家に来なくちゃならないんだ」

家に上がってからも、杉井はぶつぶつ小声で文句を言っている。

「欲しいアイテムがあるから一緒に行ってくれって言ったのは杉井だろ」

「その辺の店に入ってやれば、その場で仲間もできるのに」

「その辺の店で俺がゲーム機開いてたら、集まってくるのはゲーム仲間じゃなくて逆ナン目当ての人ばっかりになる」

話しながら、杉井と万貴は二階へと向かった。午後五時過ぎ、家の中はしんとしている。両親はまだ仕事中だから、杉井が挨拶をする必要もない。

「ゲームやってたって、『暇だったら遊びませんか』とか言われるんだ。暇じゃないのは見ればわかるだろおまえらの目は節穴か、って杉井が罵詈雑言《ばりぞうごん》の限りを尽くしてくれるなら、その辺の店でやってもいいけどな？」

「嫌だよ、普通に断ればいいだけなのに、どうして見ず知らずの人に罵詈雑言浴びせなきゃいけないんだ」

「だって、俺に声をかけてくるんだぞ？　自分の誘いに俺が乗っかる可能性があると予測してしまってるっていうことだぞ？　ということは客観性が一切ないってことだぞ？　その手の人が、やんわり断っただけで諦めるわけがないなんて、これまでの経験でおまえだってわかってるだろ。俺が公衆の面前で他人の浅薄さや思い上がりを自覚させたらただの弱い者イジメだ。おまえレベルが言ってくれた方が相手も怒るだけで傷つかずにすむし、全部丸く収まる。——なんてことはちょっと考えればわかるだろうに、何年俺の親友やってるんだよ杉井は、愚《おろ》かだなあ」

「ああもうわかったわかった、家に呼んでくれてありがとうよ、助かります」

「何だか生意気な態度だな、杉井のくせに」

　部屋に入り、お互い荷物を床に置いて、早速携帯ゲーム機を取り出す。慣れた様子で、同じゲームをそれぞれ開始して、通信協力プレイを始める。ここ数ヵ月、杉井と万貴が熱心に遊んでいるゲーム。パンツ一枚のところから始めて、敵を倒したり落ちているアイテムを拾ったりして装備を揃え、さらに強い敵を倒した時に手に入るアイテムでより強い装備を揃え、ということを繰り返すもの——らしい。

「大体さ、杉井と俺の二人だけでもう充分装備は揃えたし、このうえ他の人に協力してもらったら、追加ディスクが出るずいぶん前にやることがなくなるじゃないか。あと半年以上あるんだぞ」

「おまえ、Ｗｉｋｉとか攻略本とか見てる？」

「見るわけないだろ、見たらそれこそあっという間にやることがなくなってつまらない」

「……ってか運要素あるとこでも確実に欲しいもの発掘するおまえがこえーよ。俺はレア

4のアイテム探してこの一週間同じとこぐるぐるしてるのに、どうして天川はレア7を一発で掘り当てるんだ……」

「日頃の行いじゃないか？　親友の大事な弟を誑《たぶら》かしたりしないからな、俺は」

ぐっと、杉井が言葉に詰まる。割合和やかにゲームの話をしていたので、不意を突かれた……という感じだった。

「だ、だから、俺じゃないって。ちゃんと説明しただろ、連れてきたのは洸の学校の先輩で」

「『洸』」

「っ」

「――とか、いつの間にか呼ぶようになってるしさ。もしかして、団体の方針ってやつかな、章介君。それでもうちの弟の名前を軽々しく呼び捨てにされると、お兄さんとしては微妙な気分になるんだけど」

「あっ、やめろてめぇ、邪魔するな、死ぬ、死ぬ！　ちょ、何で逃げ道塞《ふさ》ぐんだよ、死ぬだろ！」

ゲーム内の杉井のキャラクターの行動を、万貴のキャラクターが邪魔しているらしい。キャラクター同士が殺し合うことはできないはずだが、敵に襲われているところを逃げられないように妨害することはできるらしい。

「章介君は言葉遣いが悪いなあ、洸に悪い影響が出たらどうしてくれる？」

「死んだ！」

「おめでとう」

「……っ、お、おまえな、言っておくけどな、言わせてもらうけど、洸がおまえにボランティアのこと言わなかったのは、洸の意志だぞ!?　俺がどうこうしろって唆《そそのか》したわけじゃなくて、洸がそうしたいって思ったからやったことだ、俺のことチクチクいびるのは筋違いだろ！」

「別に杉井相手に筋通そうとか思ってないよ。ムカつくからいじめてるだけだ」

「お、おま、そんな、悪怯《わるび》れもせず……」

平然と言い切られて、杉井はうまく言葉を返せないでいる。

こういう時にさらりと受け流したり、激怒して怒鳴ったりできないところで、お人好しの杉井は万貴からいいようにあしらわれ続けているのだ。

「別にさ、いいんだよ、杉井が俺に隠れたつもりでこそこそ偽善的な活動にうつつを抜かそうが、彼女を俺から遠ざけようと必死になろうが」

「彼女じゃない、あゆみは別に彼女じゃない」

「だからそこはどうでもいいんだよ、バカ」

万貴の口調は、にべもない。

「杉井は何か勘違いしてるのかもしれないけど、杉井が今まで彼女だの、好きな子だのに『天川君の方が好きだから』ってフラれまくってるのは、俺のせいじゃないぞ？　俺が意図的にそうしようと思って動いたことなんてあるわけない。杉井の不利益が俺の利益に繋がるなんて思われるのは、心外だよ」

それは言葉面だけ眺めていれば、杉井が悲しければ自分だって悲しい、と訴えているように見えなくもない。

だが、万貴が言っているのは、そういうことではないのだ。

「たまに『俺を見下して馬鹿にしてそんなにおもしろいのか』とか言ってくる変わった人がいるけど、ずいぶん自分に価値を感じてるんだなって、驚くよ。見下すも何も、そもそも視界に入ってないし、『誰だ、これ？』って思う程度の相手に、どうして俺が手間暇割いて嫌がらせなんてすると思うんだ」

「……おまえさ、そこまで周りの人間を下に見てるなら、誰にでも愛想よくするのやめたら？　おまえみたいな顔で、おまえみたいな頭だったら、ちょっとくらい女に冷たくしたところで、許されると思うんだけど」

「人の話を聞いてるか杉井？　だから俺は、見下すも何もって言ってるだろ。俺は俺のやりたいことを邪魔されない限り、どんな人でも好きだよ。自称美人もブスだと笑われてる人も、俺から見れば大した違いはない。頭の善し悪しも同じだ。犬や猫には色んな柄があって、でもどれも可愛いだろ？　どっちも大好きだよ」

「い……犬猫扱いするか……」

「でも犬や猫に、そこのコンビニで缶コーヒー買うついでにノートをコピーしてきてくれって頼む人はいないし、頼んだとしてお使いに失敗したことを責める人もいない。その方が異常だ。だろ？」

「駄目だ、おまえと話してるとこっちの頭がおかしくなる。知ってたけど」

「杉井のことはお使いの出来る犬だと思ってるよ」

「全然嬉しくねえよ！」

悲鳴のような声を上げたあと、杉井が深々溜息をついた。

「……じゃあさ、おまえ、たとえば……家族はどう思ってんだよ？　親父さんやお母さんまで、犬猫に見えてるのか？」

「父は俺のやりたいことを理解してくれるし、母はそんな父を全面的に支持してくれる。ちゃんと人間と話してる気がしてるよ」

「一応人類括りもあるのか……」

杉井の呟きには返事がなかった。

「洸はさ」

代わりに、万貴がそう続ける。

「出会った時はいい小猿ぶりだったなあ」

懐かしそうな声だった。

「犬猫ですらないのか……？　いや、類人猿なら人類に近い方か……？」

「何て可愛い小猿だろうと思って、ほっこりしたね。どんな子が弟になろうとも仲よくなれる確信はあった、その子から愛されるのも当然だし、でも、ただ、まさか――」

「ちょ、ちょっと、待て」

「ん？」

「その辺で止まってくれ。もういいだろ」

「何が？」

「洸」

杉井の声に呼ばれても、洸は、携帯電話の画面をじっとみつめたままなかなか動けなかった。

だが、意を決してベッドから立ち上がる。イヤホンを指した携帯を片手に、自室を出て、目の前のドアを開ける。

ちょうど、杉井がシャツの胸ポケットから携帯電話を取り出すところだった。洸の耳にぷつりと通話の途切れる音が届く。洸は、イヤホンを外して携帯電話に巻きつけ、制服のポケットに突っ込んだ。

万貴の方は見られなかった。どんな顔をしているのか。驚いているのか、憤っているのか、呆れているのか――。

俺と天川の会話を実際聞いてみろ、と言い出したのは杉井だった。洸は杉井に言われるまま、部活をサボって家に戻り、玄関で脱いだ通学用の革靴を部屋に運び、自室で息を潜めていた。

杉井がこっそり洸と通話を繋げたのは、天川家最寄りの駅に着いた頃だ。

それからずっと二人の会話を聞いていた。

（……本当に、章介さんの言ったとおりだった）

普段と変わらない、柔らかで穏やかな口調。だがそこから飛び出る舌鋒《ぜっぽう》は、普段の万貴とは思えないほど鋭かった。誰かに対して、バカだの、愚かだのと言い放つ万貴の声を、洸は初めて聞いた。

周りの人たちをどう思っているかも、はっきり聞いてしまった。

(俺のことも、小猿、って)

実際小学生の頃の自分は猿だったと、洸も思う。だからそれはいい。

(でも……)

洸はぐっと両手の拳を握り、意を決して万貴の方を見遣った。

「――」

そして、言葉を失う。

椅子に腰を下ろしている万貴は、洸を見て、まったくいつもと同じ、綺麗で、優しい微笑を浮かべていたのだ。

「杉井」

万貴は微笑んだまま、弟ではなく、床で座っている友人の方へ呼びかけた。

「明日までにご両親にはお別れをすませておけよ」

「いっ、嫌だよ」

万貴が遠回しに「出ていけ」と言い、杉井は慌ただしく立ち上がって洸に目配せすると、部屋から逃げ去っていった。

万貴と二人で話がしたかったので、洸も杉井を止めなかった。

「立ち聞き——というか、盗聴か。悪い子だなあ、洸は」

困ったように笑いながら、万貴が言う。本当に、いつもとまるで変わらない態度だった。

洸はそれでずいぶんと混乱する。もしかして万貴は杉井と自分の小細工になんてとっくに気づいていて、あるいは杉井が万貴と結託して自分をからかうために、あえて会話を盗み聞きされていることに気づかないふりをしていたのだろうか……と思えてきてしまうくらいだ。

「……兄さんが章介さんと話してたの……どういうこと？」

洸は部屋に一歩入ったところで立ち尽くして、万貴に訊ねた。万貴の方へ近づけず、距離を置いたまま。

「全然、いつもの兄さんじゃないみたいだった。……章介さんは、最初から、兄さんはそういう人だって言ってたけど……」

「『章介さん』」

笑って、万貴が洸の言葉を繰り返す。

「洸も杉井も、俺が知らないところでずいぶんと打ち解けたなあ」

「兄さんは俺のこと騙してたの？　あんな……人に対して、犬猫扱いとか……ずっと、そういうこと考えてたの？」

そんなはずないだろ、どうしたんだよ、洸。

——洸は、万貴がそう言って、困ったように笑うという反応しか、頭に思い浮かべられなかった。

「笑ってるふりで、本当はみんなの……俺のことも、馬鹿にして笑ってたの？」

「そんなはずないだろ、どうしたんだよ、洸」

見惚れるような微笑みを絶やさないまま、万貴が言う。

「俺と杉井の会話を聞いてたんだろ？　俺は他人を馬鹿にしたりはしない。世界中の人が大好きだよ」

「——」

たしかに万貴は洸が予測したままの返事をしたが、続いたのは、笑って言うほどにうそ寒くなるような言葉だった。

「しょ、章介さんが、兄さんはわざと周りの人間関係を滅茶苦茶にして、楽しんでるって……」

洸はなるべく咎めるような声を出したかったのに、自分で聞いていても怖がっているような調子になったし、万貴の表情は変わらない。

「おもしろいぞ。洸もやればいいのに、少しくらい」

以前、洸に携帯ゲーム機を買ってやろうかと言った時と同じことを、洸が言った。

洸は何だか頭の中がぐらぐらしてきた。

(本当に……犬とか猫とかと、同じなんだ)

それもおそらく、飼い猫ではなく、外を歩いていてすれ違う動物と同じ認識だ。野良猫と行き合って、可愛い声で鳴きながら擦り寄ってくれば、万貴はその猫のそばにしゃがんで、優しく喉を撫でてやる。

でもその猫を家に連れ帰ることはないし、そばを離れた数秒後には、自分の撫でていたのがどんな柄で、どんな泣き声の猫だったかすら忘れてしまうかもしれない。名前を知ろうともしないし、自分で勝手な呼び名を考えたりもしない。

野良猫同士が外で争って怪我《けが》をしていても、自分の視界に入らない限りは頓着しないだろう。でもその声が耳障りだったら、争いの中に別の猫を放り込んでみたり、餌《えさ》を投げ込んだりして、黙らせる。

その程度のことだ。万貴にとって、他人と関わりを持つというのは。

「洸はそんな目で俺を見るけど」

そんな目って、どんな目だろう。洸は自分が一体どういう顔で万貴を見ているのか、万貴のことをどう思えばいいのかわからないまま、ただ笑う万貴をみつめた。

「俺は嘘はついていないし、悪いことをしているとも思わないよ。ただみんなが気づかないっていうだけで」

洸はもう、何も言うこともできなかった。

5

万貴は全部認めた、と告げると、杉井はひどく驚いた顔になった。

平日の放課後、洸はボランティアとは一切関係なく、杉井と街中のカフェで会った。

「てっきり、俺に対してだけあんな感じだとか、ふざけて嘘ついたとか、それか何かもっと俺には思いつかないような奇策を弄《ろう》して煙に巻くもんだと……」

「自分は嘘をついてないし、悪いことはしてない、って」

「――うーん」

洸の向かいで、杉井は腕を組み難しい顔をしている。

洸も、顔を曇らせて、注文した紅茶を見下ろした。

「悪いことって、そりゃ、法を犯してないっていう意味だとすりゃ、そうだろうけど。でも俺、やっぱあんまり想像がつかない。兄さんが具体的にどうやって人間関係をしっちゃかめっちゃかにしてるんだか……」

「まあ、想像がつく方が怖いけどな。……ただ、実際天川のそういう部分が、いい方に向かうこともあるんだ。たとえばあいつがテニス部の主将だった高校時代、俺らは全国大会にまで進めた。あれは、天川がすごく上手に部員たちのやる気を煽《あお》って、綿密に練習メニューやスケジュールを組んだ結果だ。今ゼミで一緒にやってることも、それなり以上の成果を出すと思う」

「それを、何かを成す方向じゃなくて、壊す方向にやることもある……？」

杉井が頷いた。

「去年、ゼミの先輩が二人大学を辞めた。一人は天川を異常に意識してる人で、一人は天川を異常に崇拝してる人で、あいつはどっちも煩《わずら》わしかったんだろうな。その人たちは学年は違って、特に仲がよくも悪くもなかったのに、一時期やたらべったりして、と思ったらある時期急に険悪になって、気づいたら二人とも退学してた」

「……兄さんが何かした？」

「と、俺は思うし、天川自身も認めてる」

「でもそれって、兄さんにとっては自分の勉強を妨害する人たちを遠ざけたっていうだけで」

「誰でも多少は同じことするとは思う。でも、退学にまでっていうのはやり過ぎだ」

洸には反論ができなかった。

「自分の身に降りかかる火の粉を避けるっていうだけじゃなくて、天川は本当に人の感情につけ込むのが上手い。……俺はボランティアを始めてから、心理学の本も少し読むようになったんだけど、天川みたいに意図的に、もしくは無意識に周囲の人間関係を壊してしまう人っていうのは実は少なくないって知った。でも大抵は、強烈な不安や劣等感が顕在化した時に起こるもので、騒ぎの中心に必ず本人がいるんだ。自傷して気を惹いたり、虚言癖があったり、すごく単純に言ってしまえば周囲の目を自分に向けさせるためにやってるんだと思う」

「でも兄さんには、不安とか劣等感なんて……」

「そう、欠片もない。自傷なんてするはずがないし、虚言癖もない。そんなことしなくたって、周りは勝手に天川を見るからな。天川の周囲で人間関係がこじれても、その中に天川の存在はないんだよ。天川自身は誰も傷つけない。……まあ俺だけは、おまえも聞いたみたいに、言いたい放題されて日々傷ついてるけどな……俺がいた方が便利だからって、無理矢理ダブルス組まされるし、進路まで変えさせられるし。俺、どっちかっていうと文系なのに、何で理工学部なんか入ってるのか未だに腑に落ちない」

「……」

杉井の話を聞いて、洸は胸の中が唐突に焦げた気がした。

いや、唐突にでもない。

ずいぶん前から馴染みのある感覚だった。それがより一層ひどくなっただけだ。

(……そうだ、万貴は章介さんにだけは、素の自分を見せてたんだ)

万貴が杉井のことを『親友』と呼ぶたびに感じていた苛立ちと焦燥。

(俺にはずっと隠してたのに)

ゆうべ、眠れなかった。万貴が杉井の言っていたとおりの人間だと自分で認め、その時の会話や、杉井と万貴が話していたことを思い出しては、明け方までベッドで煩悶《はんもん》していた。

でもそれは、万貴が自分の思っていたような人ではなかったというショックだけが原因じゃない。

そのことを、杉井だけが知っていたという事実が、洸には呑み込みがたかったのだ。

「洸？　おまえ、大丈夫か？」

黙り込んでしまった洸を、杉井が心配そうに見遣る。

いつの間にか俯いてしまっていた洸は、我に返って顔を上げた。

「……大丈夫」

「まあ、ショックなのはあたりまえだよな。おまえ、兄貴のこと妄信してるみたいだったし」

妄信、という言葉にまた胸が焼ける。おまえは理由も根拠もなく万貴を信じていたと、杉井に言われてしまった。杉井は、最初から万貴の本質を見抜いていたというのに。

「俺がお膳立てしといてこう言うのも何だけど、天川は俺以外には親父さんにすらああいう本性隠してたみたいだから、どうして洸に言い繕わなかったのかやっぱり不思議なんだよな……正直なところ、俺はおまえはあの会話を聞いても結局天川に丸め込まれるもんだと思ってた」

「俺、そこまで馬鹿じゃないです」

ムッとした口調を抑えられなかった。

それこそ被害妄想だ、と思うのに、杉井に侮《あなど》られているようで腹が立つ。

「そ、そっか。悪い」

「……というか、章介さんは、どうして兄があいう人だって知ってるのに、一緒にいるんですか」

「だからそれは俺の本意ではないんだって。上手いこと外堀埋められて、逃げられないように──」

「本気で嫌だって思って、本気で逃げられないことなんてあるんですか？」

「──洸？」

杉井が、戸惑ったように洸を見た。

洸には、どうして杉井がそんなふうに自分を見るのかわからなかった。

「兄さんが本当に周りの人を十把一絡げにして扱ってようと、章介さんのことだけは特別ってことなんだ」

「いや、だから俺はその十把一絡げ以下ってことで、他の奴が近づくのを避けるために便利に使われてるだけで」

「兄さんは章介さんのことすごく気に入ってる。そのくらいわかるよ」

「違うって。どう説明すりゃいいんだ……」

「……章介さん、兄さんと付き合ってるの？」

「!?」

杉井が、これ以上ないというくらい目を剝いた。

「つ、付き合ってるって、まあ俺は嫌だけど友人付き合い的なものはしてる……けど……」

やたら狼狽している様子が怪しい。洸は身を乗り出して杉井を見据えた。

「恋人なのかって聞いてるんだよ」

「ない！　そんなわけない、絶対ない、死んでもない、天川とそういう意味で付き合うくらいなら舌嚙み切って死んだ方がマシだ！」

青ざめた顔で杉井が叫ぶ。

だが彼は万貴を好きになった男性から関係を疑われて刺されそうになったのだと、自分で言っていたのだ。二人の周囲でそういう誤解が生じるくらい、杉井と万貴は親密に見えるということだ。

洸の目にも、杉井は万貴が連れてきた歴代のどの彼女より、万貴と近い存在に見えていた。

杉井から万貴を好きな男に関係を疑われたと聞かされた時、震えるほどの悪寒を感じたのは、男同士の関係を想像してぞっとしたからではなかったのだと、洸は今さら気づいた。

杉井が万貴を独占しているかもしれないという事実を思って、体が震えたのだ。

「兄さんは章介さんのことが好きなんじゃないの、無理矢理進路変えさせるとか、普通やらないだろ」

「だから、天川は普通じゃないんだって」

「章介さんの彼女や好きな人が、兄さんのことを好きになるのもさ。やっぱり本当は兄さんがわざとそう仕向けてるからなんだ、章介さんを他の人に取られたくなくて」

「意図的にそうしたことはないって、天川自身が言ってただろ⁉」

「画策してたら馬鹿正直にそう言うわけない、章介さんだって兄さんに言いくるめられただけなんじゃないの」

「もしかしたら俺を便利に使うために『彼女がいない方が都合がいい』って思って、そうなるように仕向けたことが皆無とは正直俺も思ってないけどな！　でもその理由が、天川が俺を、す、す……駄目だ気持ち悪い口にしたくない、俺に、こ、好意を持ってるだのっていうのは、あり得ないからな⁉」

「何であり得ないって言えるの。兄さんが本当に人を思い通りに動かせるとして、じゃあ章介さんだけ免れられる理由は？　章介さんは特別だから？　だったらどっちにどう転んでも、やっぱり兄さんにとって章介さんはかけがえのない、他にはいない、たった一人の相手っていうことで」

「こ、洸、ちょっと待て、止まってくれ、おまえ今滅茶苦茶怖いぞ⁉」

腰を半ば椅子から浮かせて詰問する洸を、周囲の座席の人たちが驚いたように見ている。杉井も必死に洸に座り直すよう仕種で促すが、知ったことじゃなかった。

「何で章介さんなんだよ。俺は万貴に会ってからずっと、最初からずっと、兄さんみたいになって兄さんのそばにいたいって頑張ってきたのに、何で兄さんのこと嫌がってるふりなんかしてる人に取られなきゃいけないんだよ」

「ふりじゃない、俺は本気で天川に振り回されるのは嫌なんだよ」

「もういい、章介さんがそうやって誤魔化そうとするなら、兄さんに直接確かめる」

「えっ」

また杉井の顔色が変わる。その反応で、洸は確信を深めてしまった。

「直接って、いや、やめろ。やめとけ、やめといた方がいい」

焦ったふうに杉井が洸を止めようとするから、なおさらだ。

前にもこうして、杉井は洸を制止した。洸が万貴の前で泣き喚いてみようかと言った時。

あれは杉井だって、洸に万貴を取られるのが嫌で、やめるようにと強く言ったのかもしれない。

(やっぱり章介さんと万貴は、ただの親友なんかじゃなかったんだ)

最初から、杉井と万貴の親しさに嫉妬してきた。

その気持ちが今一気に溢れてしまって、もう押さえられない。杉井だけが万貴のことを理解していたという事実が悔しくて、どうにかしたかったのに、どうしたらいいのかわからない。

「何で止めるんだよ。――俺が万貴に確かめたら、何か都合が悪い？」

「そ、そうじゃなくて、俺はおまえのためを思ってだな」

「章介さんに俺と兄さんのことは関係ないだろ」

言い捨てて、洸は荷物を掴み立ち上がる。杉井がまだ止めようとしていたが構わず、急ぎ足で店を飛び出した。

◇◇◇

洸が杉井と別れて自宅に戻った時、玄関に万貴の靴があった。居間にはいなかったので、二階だろう。洸はすぐに万貴の部屋に行こうと思ったが、さすがに頭に血が昇りすぎているかと、一度自室に戻って通学用の鞄を放り込んでから、向かいの部屋のドアを叩いた。すぐに、内側からドアが開いて、万貴が顔を覗かせる。

「おかえり。どうした？」

万貴はいつもと変わらない様子だった。洸はもうそれだけで、『昨日杉井と話していた万貴は夢だったんじゃないか』とか、気持ちがしぼみそうになる。

「……ちょっと、いい？」

「うん？」

洸が強引に部屋に足を踏み入れようとすると、万貴が当たり前のように一歩引いてそれを迎えてくれる。

万貴が洸のお願いを拒んだことは、覚えている限り一度もない。洸の方が、万貴を煩わせることのないよう気をつけていたせいもあるが——いつでもねだれば自分を迎え入れてくれる万貴に、ずっとどこかで安心しきっていた。

「洸、何だか顔色が悪いな。冷たいものか、あったかいものでも飲むか?」

駅からも走ってきたせいで洸の息はまだ上がっているが、体はちっとも温まらず、貧血を起こした時のように手足の先が冷たい。万貴が心配そうに、そんな洸の額に触れた。

汗ばんだ肌を気にすることなく触れてくる万貴の指に、洸は眩暈《めまい》がしそうだった。

——万貴に触れられると、いつも嬉しかった。

「洸?」

触れられるままその感触に浸って目を閉じる洸に、万貴がさらに心配した様子で問いかけてくる。

洸は閉じていた瞼《まぶた》を開いて、目の前にいる万貴を見上げた。

「兄さんは、章介さんのことが好きなの?」

万貴は小さく首を傾げて洸の顔を見てから、頷いた。

「好きだよ。親友だって言ってるだろ?」

「そうじゃなくて。女の子を好きになるみたいに、章介さんのことが好きなの?」

万貴が小首を傾げたまま、洸の額に触れていた指で、今度は頭を撫でてきた。

子供にするみたいな仕種に、胃の腑が焼けるような感覚が洸の中で生まれる。多分、悔しいのだ。

「兄さんは、章介さんとセックスしてるの？」

考えたくないのに、杉井と別れて家に帰るまでの間、電車の中で、道を走りながら、想像していた。今自分にしているように杉井に触れる万貴。抱き合ったり、キスをしたり、体を重ねたりする二人。

万貴が家に連れてくる彼女と、もうそういう行為をしているのだろうなということも、想像した。考えるたびに嫌な気持ちになったのは、自分がまだ子供で、潔癖な方だからだと思っていた。

だが、そうじゃない。恋人同士がする行為そのものではなくて、万貴が誰かとそんなことをすると考えるだけで、どうしても嫌だったのだ。

それでもまだ女性が相手なら我慢はできた。こんな容姿で、誰からも好かれる万貴が、大学生にもなって清らかな体であると思う方が、しっくりこない。嫌だけど、仕方がないと思い込むことができた。洸だって、思春期を迎えて以降、体の欲求を覚えるようにもなった。それを解消することは必要だということくらい、わかっている。

（でも章介さんは嫌だ。あの人だけは嫌だ）

特別な相手とする行為は、きっと特別だ。綺麗な人や、可愛い女の子を抱きたいと思う気持ちとは別種のものだ。

そのうえ相手が男だなんて、そんなのもう、他に替えが効かない。

「──もしそうだって言ったら、洸はどうするんだ？」

今度は洸の頬に指を動かしながら、万貴が問う。

わざと露骨に使ったセックスという単語に何の反応もせず、ただ試すように笑いを含んだ声で問い返されて、洸は腹立たしかった。からかわれているように思えた。

「やめてって言う」

洸は万貴に全部ぶちまけると決心してここに来た。

「どうして？」

「だって嫌だ。兄さんと章介さんがそんなことしてるって、考えるのも嫌だ」

「男同士は駄目か？」

まるで自分と杉井の関係を肯定したような万貴の問いに、洸は今度、泣きたくなった。

「駄目だよ。嫌だ」

実際、止める間もなく涙が滲んできた。

「章介さんを特別みたいに扱わないでよ。俺、ずっと嫌だったんだ、章介さんがうちに来るの」

「でも洸は、今日も杉井に会ってたんだろ？」

なぜそれを万貴が知っているのか、洸にはわからない。杉井と放課後落ち合うことはわざわざ万貴に告げたりはしてなかったのに。

「章介さんに聞いたの？」

「聞いてないけどわかるんだよ」

「……章介さんのことだから？」

ふと、息を吐くように万貴が笑う。

そうなんだ、と思って、洸はまた泣きたくなった。

「違うよ、洸のことだから」

「……嘘だ」

「俺が洸に嘘ついたことがあるか？」

そんな台詞を、この六年間で万貴は何度も洸に告げた。家族になって間もない頃、悪ガキ時代を引き摺《ず》ってなかなかテストの点数が上がらず悔しくて泣いてたら、万貴が慰めてくれたのに、洸は『どうせ万貴も俺のこと馬鹿だと思ってるんだろ』と八つ当たりをした。

そんなことないよ、俺は洸が大好きだよ、と優しく頭を撫でてくれる万貴に、嘘だと繰り返して、そのたび万貴は言ったのだ。俺は洸に嘘はつかないよ、と。

洸が落ち込むたびに、万貴は洸をいい子だと言って、大好きだよと頭を撫でてくれた。

それを思い出して、洸は今度、笑い出したくなる。

「ずっと騙してたくせに。俺のこと」

悔しくて、苦しいのに、万貴の手を振り払うことのできない自分が、もっと悔しい。

「俺が必死に兄さんの真似してるの、おもしろかった？　兄さんみたいになれるはずないのに、対等になりたいって頑張ってるの、笑えた？　俺が兄さんの成績にも、テニスの結果にも、他のいろんなこと敵わなくて落ち込んでるの見て、どんな気持ちで慰めてたの？」

詰りたいのに、喉が詰まってうまくいかない。泣き声になるのを宥めるように、万貴の手の動きが優しくなるのが、嬉しくて辛い。

こんな時なのに、まだ、万貴に甘やかされるのが気持ちいいのが信じられない。

信じられなくて、ぼろぼろ勝手に涙が落ちてくる。

もう我慢しきれなかった。

「それとも、おもしろくもなんともなかった？　どうでもよかった？　散歩中の犬が飼い主に怒られてるの見て、可哀想だなって思ったあとすぐ忘れるくらい？　俺はそのへん歩いてる野良猫以下？　——じゃあ、章介さんは何？　章介さんのことは、ちゃんとお使いができるいい犬だって言ってたよね、章介さんのことは飼ってるの？　章介さんだけは兄さんの家の中に入れてもらえるの？」

途中から、自分でも何を言っているのかわからなくなっていた。万貴が周囲の人たちを犬猫扱いしていたことが、やたら衝撃だったのかもしれない。

――そうじゃなくて、その中でもやはり杉井だけが特別なことが、耐えがたかったのかもしれない。

「俺は犬でも猫でもないんだっけ。小猿だっけ。兄さんにとってはどれが一番可愛い？犬と猫とどっちが好き？　猿ってそれより上？　下？」

涙が邪魔で、目の前の万貴の顔がよく見えない。万貴の弟になってから、子供みたいに喚いたり暴れたり泣いたりするのはやめようと決めて我慢してきたのに、これでもう御破算だ。

隠しきれない涙を乱暴に手の甲で拭《ぬぐ》って、洸は万貴を睨むように見上げた。

「何で黙ってるの、返事くらいしてよ。俺はどうやったら章介さんより大事にしてもらえるの？　何か言えよ。どうして黙ってるんだよ、馬鹿馬鹿しくて聞いてられない？　俺はそんなに駄目？　……返事してってば、兄さん」

何も言わない万貴へと手を伸ばし、洸は両手で相手の腕を摑んだ。黙って頭だけ撫でられていると、不安で仕方がない。

泣き喚いたって無意味だとわかっているのに、その衝動が止められなくなる。

「ちゃんと聞いてよ、兄さん――万貴、ねえ、何か言って、お願いだから何か言って！」

摑んだ腕を荒っぽく揺らした時、そのせいだけではなく、万貴の肩が揺れた。

咳《せ》き込むように息を吐いたのは、揺すられて苦しかったわけじゃない。

笑うことを我慢できずに、吹き出したのだ。

「――万貴……」

顔を伏せ、俯いて肩を揺らす万貴の喉から笑いを堪えるような音が何度か漏れたあと、それは堪えきれないような高い笑い声に変わった。

片手を洸の頭に乗せたまま、片手で腹を抱えて、おかしくて仕方がないというように、万貴が笑い続けている。

万貴がこんなふうに無遠慮に笑う姿を洸は初めて見た。それが怖くて、これまで以上に不安で、止めようと必死だった涙は、何かが壊れてしまったかのように落ち続けている。

肩を揺する万貴を止めたくて、もっと強くその腕を摑んだ。

「何で、笑うの」

今までにないくらい、洸は手酷く傷ついた。

それでも、もういいと投げ出すことができずに、縋りつくように万貴の腕を摑み続けている。

「万貴、何で笑ってるの……？」

「洸が可愛いからだよ」

笑いすぎて息を切らした万貴が、まだ喉を鳴らしながら言った。

いつものように軽くあしらわれているのだと、侮られているのだと感じて、洸はもう声も出なかった。

泣き声を漏らさないよう歯を食い縛って震えながら泣く洸の目の辺りを、万貴が常の彼らしくなく荒い仕種で拭う。

「不細工だなあ、洸」

「……ッ」

「せっかく頑張って俺の真似してるのに。俺はこんなふうに顔も髪もぐしゃぐしゃにしないよ。泣いたこともない」

不細工、と言い放たれたのが恥ずかしくて、俯いてしまいたかったのに、万貴が頰に触れて――頰と顎を摑むようにしているから、洸は相手から顔を隠すことができない。

仕方なくて泣き濡《ぬ》れた目を凝らすと、楽しそうな万貴の表情が見える。

いつでも笑っているような人だったけれど、今の万貴の顔に浮かんでいる表情は洸が見たことのないもので、なぜか身が竦む。

万貴の目は愉悦を隠しもしていない。泣いている洸を見るのが楽しいのだと、洸自身にもはっきりとわかった。どこか陶酔しているようにも見える。

「万貴……？」

「あんまり章介さん、章介さん、って言うもんじゃないよ、洸」

いつもと違う色の笑みを浮かべる万貴が、怖いくらい綺麗で、洸は怯えながら相手にみとれた。

「洸が好きなのは俺だろ？　杉井と自分を同列に並べるなんてどうかしてるよ。あいつはこんなに可愛くない。自分じゃ繊細だと思ってるらしいけど相当図太いし、どれだけいじめてもへこみもしないから、全然可愛いげがない。それでもまあ、他の人たちよりはずっと賢いし、役立つから、好きだけどね」

好き、という言葉に、洸はまた両目に涙を盛り上げた。

「やだ……他の人のこと好きって言わないで」

万貴が杉井を親友と言うたび、好きだというたび、洸は胸の中を鋭い刃物でぐちゃぐちゃに切り刻まれるような気分を味わう。

自覚すれば痛いだけだとわかっていたから目を背けていたのに、その痛みを洸はもう無視できない。耐えられない。

「なら洸も俺以外の男の名前を呼んだりしたら駄目だよ」

そう言われて、洸は驚いた。

そんな言い方をしたら、まるで万貴が杉井に嫉妬しているみたいじゃないかと思ってしまう。

そう思って、背筋が震えた。怖いのとも違う震えだった。

「俺と、しょ……あの人は、違う?」

「違うよ」

「どういうふうに、違うの?」

「杉井はよその家の飼い犬」

「……俺は?」

訊ねた洸に、万貴がにっこりと笑う。

「俺の犬」

「……」

嬉しくて、嬉しくて、洸は自分が本当に犬だったら、きっと今はち切れそうにしっぽを振っているだろうと思った。

どこに力を入れても止まらなかった涙が少しだけ収まって、でもびしょ濡れの顔のまま洸は笑う。

「でも、俺は、小猿だったんじゃないの」

「小猿だったな。汚くてみすぼらしくて、全身で構われたいって叫んでる可哀想《かわいそう》なお猿さんだった」

出会った頃の自分の『みすぼらしさ』を思い出し、またその頃に戻ってしまったように恥ずかしくて、洸はまた万貴から顔を隠したくなった。

だが万貴は今度は両手で洸の頬を挟むようにしてきて、それが叶わない。

「でも、一生懸命俺を見て、俺の真似する洸は、本当に可愛かったよ。今も可愛い。だから俺だって、ちゃんと洸のお兄ちゃんになろうと思って頑張ってたのに」

「え……？」

「杉井は多分止めただろ？」

「……何を？」

「洸が泣きながら俺のところに来るのを」

万貴の言うとおり、杉井には止められた。そこまで見透かしている万貴は、また少し怖い。

　もし万貴にわからないことがないとすれば、洸自身すら気づかずに、気づいても必死に押し込めてきた気持ちまで知られてしまっているのだろう。

「何で、俺を止めるの？」

「洸じゃなくて俺を止めるつもりだったんだと思うよ」

「万貴の……何を？」

　小さく啜《すす》り上げながら訊ねる洸の方に、万貴が少し身を屈《かが》めて近づいてきた。

　何を考える暇も与えられず、洸は万貴の綺麗な顔が視界いっぱいに広がるのをただみつめた。

　唇に何かが当たる。何かも何も、唇だ。万貴の唇が洸の唇を塞いでくる。洸はやはり何も考えられなかった。呆然と、されるまま、指一本動かすこともできない。

　万貴はしばらく洸と唇を合わせてから、それを離し、近づいてきた時と同じくらいゆっくり離れた。

「……」

　洸はまだ呆然として、万貴を見上げる。

「俺が、洸にこういうことをしたがるのを」

何を言われているのかわからない。

洸は、何となく体から力が抜けてしまって、その場に座り込みそうになった。気づいた万貴が、当たり前のように両腕で洸を抱き止め、緩く背中を抱いて、それを阻んだ。

「子供に手を出すのは絶対に駄目だって、しつこいんだ、あいつ。俺は言われるまでもなく、洸がちゃんと育ちきるまで見守ろうと思ってたのに」

「……え、……、……？」

「だって勿体ないだろ？　洸が本当に必死に、俺の真似してあとをついて回って、あんな小猿だったのに精一杯すまし顔で、大嫌いな勉強も頑張って、上手くいかなくて落ち込んだり、こっそり泣きべそかいたりしてる姿を、全部台なしにするの」

続く万貴の言葉を、洸は理解できないまま、でも聞き逃してはいけない気がして、音だけを頭に叩き込む。

いいことを言われているのか、悪いことを言われているのかすら判断がつかないまま。

「洸が俺と同じ中学に入った頃から、そばで見てて、毎日本当にたまらなかったよ。普通、人の真似するのなんて恥ずかしいものだろ。でも洸は全然平気でそうしてた。途中、あんまりおかしいから、少し意地の悪いことを言って泣かしてみようかなと思ったりもしたけど——」

万貴の真似をするのが、恥ずかしい。

たしかにそうなのかもしれない。綺麗な孔雀に憧れて、醜い小猿がその真似をするなんて、傍《はた》から見ていれば、当人である万貴にしてみればなおさら、滑稽《こっけい》で仕方がなかっただろう。

今になってそれを自覚して、洸は本当に羞恥のあまり身が灼《や》き切れそうになった。

そもそも万貴のようになりたいと願うこと自体が、無謀だったのに。

「そう——そういう顔が見たくて、いじめてやろうかなと思ったんだけど……」

ようやく止まりかけた涙をまた零しそうになっている洸の頬を指で摘まんだ万貴が、本当に嬉しそうな笑みを浮かべている。

「それで逃げられて、二度と手許に戻らなくなるのもバカバカしいからさ。逃げられなくなるように、俺以外が目に入らなくなるように、何年もかけてきたんだ」

「俺……そんなことしなくても、万貴以外なんか見ないよ……」

そこを疑われることが、洸には心外だった。

自分が万貴に強烈に惹かれて、妄信と呼ばれるくらいになったのは、万貴の画策のせいだとは微塵《みじん》も思わない。

だって、万貴が洸の中に焼き付いたのは、出会った最初からだ。

そう訴えるのに、万貴は意地の悪そうな――これもまた、洸の初めて見る――表情で笑った。

優しく微笑む万貴より、愉悦を滲ませた顔で笑う万貴より、その笑顔に洸はみとれた。体の芯が痺《しび》れる。生まれて初めて味わう感触だった。

「そうかな。俺がずっと洸にしたいと思ってたことを実際にしたら、洸は逃げると思うよ」

「逃げないよ」

「ひどいことにならないうちに逃がしてあげようかなと思って、最近、洸を遠ざけてみたりしたんだけど」

「え――」

遠ざけようとしていた、という万貴の言葉で、洸の体が一瞬にして冷えた。

万貴に嫌われる、見捨てられる可能性について考えると、いつもこうだ。

「嫌だ……」

ぎゅっと、万貴の体に腕を回して力を籠《こ》める。そうしていないと、万貴が支えていてくれても、床にへたり込んでしまいそうだった。

「万貴にならなにされてもいいけど、追い払われるのだけは嫌だ」

万貴の体が微かに震えている。笑っているのだ、と喉から漏れる声で洸にもわかった。

相手にしがみつくように抱きついたのは自分からだったのに、洸は何だか自分が目に見えない糸のようなものに絡め取られたような錯覚を味わう。

「可哀想に、洸、すっかり俺に誑かされて」

耳許で万貴の低い声が聞こえる。同時に制服のシャツとベスト越しにゆっくり背中を撫でられて、また身震いしながら、洸はやっと万貴が『したいと思うこと』について思い至った。

その瞬間、さっきは冷えたはずの体が、恥ずかしさで熱を帯びていく。

万貴に、ずっと憧れていた綺麗な人に、性的な意味で触れられることに、酷く動揺した。

洸の動揺に、万貴が気づかないはずがない。

「わかっただろ、杉井がどうして洸を止めたか。俺はずっと、洸にしたいことを我慢する代わりに、杉井に聞かせてたからさ」

「……何で」

問い返す声が掠れる。また泣きそうだ。

「何で章介さんに言うの。何で俺に言ってくれないの、どうして全部章介さんなんだよ」

悔しくて、万貴の背中を拳で打つ。全然力は籠もらなかった。

「や、やっぱり、章介さんとはしたの？　さっき、俺にしたみたいなキスとか、もっと、色々……」

再び万貴が笑う気配がした。さっきとは少し質の違う、ほんのわずかに困ったような、それでいておもしろがっているような、変な笑いだった。

「しないし、したいと思ったこともないよ。杉井は俺とそんなことするくらいなら、舌噛み切って死ぬだろうし」

「……っ、そうやって章介さんのことわかってるみたいな言い方するなよ！　俺の前でもうあの人の話しないで！」

今度はもっとはっきり、万貴が笑い声をたてた。

「あいつの名前持ち出したのは洸だろ、俺は、洸に『章介さん』なんて呼び方してほしくないって言ってるのに」

「……だって……」

「洸さ、女の子と寝たことないだろ。もちろん、男とも」

「――」

唐突に言い当てられて、洸は耳まで赤くしながら黙り込んだ。

「やっぱり」

「……な、何で、やっぱりって、俺、彼女ちゃんと、いたのに」

「上原さんが、付き合って一ヵ月経ってもキス以上のことをしてくれないって愚痴ってたし」

「……ッ」

「そうじゃなくても、雰囲気でわかるよ。洸はずいぶん潔癖なんだなって、感心してた。――苦手なんだろ、そういうの」

「……」

頷くこともできず、首を振ることもできず、洸はさらに強い力で万貴にしがみついた。

万貴にはそれで充分答えになっただろう。

そしてわざと洸の羞恥を煽るような声を立てて笑っている。

「本当に可愛いなあ、洸」

今可愛いと言われたところで、洸はちっとも嬉しくなかった。

「だって、何か、服脱いだり脱がすとか……き、気まずいし、他人の……唾液とか、他の、そういうの、気持ち悪いし」

子供の頃は青っ洟《ばな》を垂らして泥まみれになっていたくせによく言う、と自分でも思う。

だが本音だ。洸は万貴と暮らし始めるようになってから、かつて汚い子供だった頃の反動のように、自分が汚れることに関してとても敏感になってしまっていた。

沙綾や以前付き合っていた女の子とは、キスをすることにも苦痛を感じていた。手を繋いだりハグするところまでは大丈夫なのに、相手の体温や汗ばんだ肌に、どうしても嫌悪感を抱いてしまう。

(小さい子は、平気だったんだけどな)

ボランティアで会った小学生の子供には、くしゃみを浴びせられたら「汚いなあ」と思いはすれ、神経質に嫌がるほどでもなかったのだが。

——おそらく、性的なものを想起させる相手からそれを感じるのが苦手なのだろうと、自分では分析していた。だからセックスの相手になり得る自分の彼女が苦手という、沙綾たちにとってみればこの上なく無礼な状況に陥りっぱなしだったのだ。

それを万貴に見抜かれているとは予想もしていなかった。

「じゃあ、その嫌なことを、俺としようか」

おもしろがっている口調で、万貴が言う。

俺が嫌がるのを見たいんだろうか、と洸は戸惑いながらも、万貴の背中を抱く手を少し緩めた。万貴も洸から手を離す。

笑いを含んだ万貴の表情は、こちらが逃げるかどうか見極めようとしているように見えて、洸には気に入らなかった。

それでも自分から万貴にキスをするようなことは、嫌悪感とはまるで違う理由で洸には不可能だ。恥ずかしいのと、緊張して、体が思うように動かせない。嫌だからしない、と受け取られることこそ洸には嫌だったので、万貴の手を摑み直し、目を閉じて、自分より少し背の高い万貴の方へ顔を向けた。

それでもなかなか何も起こらないので、つい目を開けたくなったが、そんな自分を戒めるようにぎゅっと瞼に力を入れる。少し震えた。また笑い声が聞こえるのは、きっと万貴がわざとやっているのだろう。

焦れた気分で待っていると、少しして、再び洸の唇に万貴の唇が触れる感じがした。震えそうになるのを堪える。

万貴は柔らかく、啄《ついば》むようなキスを数回繰り返してから離れた。

（もう？）

どこか物足りない。洸がつい目を開こうとしたのを察したように、万貴の手に瞼の上を覆われた気配がする。

「洸、唇開いて」

離れたと思った万貴は、まだ吐息がかかるほど洸のそばにいた。洸は万貴に囁《ささや》かれるまま、おそるおそる小さく唇を開く。吐息が近づく。待つまでもなく、洸の唇の中に、温かく、湿ったものが入り込んできた。

「……ッ」

反射的に身を引きたくなるのを、あやうく堪えた。万貴の舌は、浅いところで洸の唇や内側を撫でるように動いている。濡れた感触にまた震えがきた。

気持ちいいのか気持ちが悪いのか判別がつかない。胸と腹の奥がざわついた。

「う……ん……」

舌の表面まで舐められて、呻くような声が漏れる。どうしてこれだけのことで自分の呼吸が荒くなっていくのか、洸にはわからない。息が乱れるのが恥ずかしくて、結局少し身を引いてしまう。万貴は追ってはこなかった。瞼を覆っていた手が外れる。洸はぼうっと万貴の方を見た。

万貴はずっと洸の前で見せてきたような、出来のいい兄らしい、温和で優しい笑みを浮かべている。

「もう無理か?」

「……無理じゃ、ない」

また意地悪く聞かれて、即答したかったのに、息が上がっているせいで途切れがちになってしまった。洸は濡れた唇を手の甲で拭う。

その手をどうしたらいいのかわからなくて、自分の唇に押しつけたままでいた。

「ま、万貴は、俺にずっとこういうことしたかったの？　……本当に？」

小声で訊ねる。洸は万貴と出会った時、すでに母からも抱き締められるような年齢ではなかったが、万貴はそれでも洸を褒めることがあれば頭を撫でたり、宥めるために肩を抱いたり、からかうために頬や鼻を摘まんだりすることがたびたびあった。

その触れ方と、今の触れ合いは、まるで違う。

「いつから……？」

問うても、万貴は笑うばかりで答えないから、狡い。

（あとで、章介さんに聞けばいいのか）

そう閃《ひらめ》いたものの、すぐに馬鹿げたことを考えた自分に、洸はひとりで赤くなった。万貴が杉井に向けて、自分をどう扱いたいと、いつから言っていたのか。正気で聞けるわけがない。杉井だって、話したくないだろう。彼自身や万貴の言葉を信じるとすれば。

「……本当に、万貴は、章介さんとはこんなことしてないよね」

女性の恋人は仕方ない。諦める努力はできる。やはり考えたくはなかったが。

万貴は洸の確認に笑って、片手を伸ばしてきた。その指先が、トンと洸の胸元を突く。制服のネクタイの結び目の上、胸というより喉に近い辺りだった。

「同じ話を何度もするのは、非効率だし嫌いだな。それとも洸は、俺をガッカリさせたくて繰り返してるのか？」

慌てて、洸は大きく首を横に振った。自分と杉井を比べるなと万貴は言ったし、杉井を名前で呼ぶなとも言った。

（でも、たしかめないと、不安なのに）

そう訴えたいのを洸が堪えていると、万貴が目を細める仕種をする。

褒められた気がして、洸はいつの間にか体中に籠もっていた力を抜いた――が、それも一瞬のことだった。

万貴の指が洸のネクタイを摑んで、強い力で自分の方へ引き寄せるから、洸は驚いてまた体を強張らせた。

「杉井のことより、自分のことを考えた方がいいと思うぞ。俺がしたいこと、まだ全然してないんだから」

他にもっと、何をされるのか、洸には想像もつかない。

わかるのは、ここでひくのは万貴の思惑どおりだということだけだ。

「す……すればいいだろ、別に、何されたって、平気だし」

睨みながら言い張ると、万貴の目の奥に喜悦が宿った気がする。

自分を怯えさせて、逃げさせようとしているふうに見えていたのに、万貴が嬉しそうに笑うので洸は驚いた。驚いている間にまたキスされる。されるまま、洸は自分からは何も返すことができずにまた棒立ちになった。

今度も遠慮なく口中を舌で探られている。その感触にも洸はいちいち動揺したが、濡れた音を聞くのも自分でどうかと思うくらい恥ずかしくて、啖呵《たんか》を切ったばかりなのに逃げ出したくなる。

感触は生々しかったが、万貴にこんなことをされている、という現実味は乏しい。ただただ翻弄されているうち、洸は万貴の手に制服のネクタイを外されていることに気づいた。それから、ベストの裾に手がかかる。裾をたくし上げられ、洸は戸惑いながらも促されるまま素直に両腕を上げて、ベストを脱がされた。

不安な気持ちだったが、それを見透かすようにこちらを見る万貴の目が気に食わない、洸は必死に平気なふりをした。そんな虚勢もすぐ見抜かれることは知っていても、大人しく弱ってやるのは悔しい。

「ベッドに」

耳許で囁かれて、洸は少し首を竦めた。平静を装おうと思った端からこれだ。ぎこちなく頷いて、洸は窓際に置かれたベッドに向かった。足が竦んでいたが、ベッドまでは数歩の距離だったので無様に転ばずにすんだ。

端っこに腰を下ろすと、万貴に腕を引かれ、足を持ち上げられて、ベッドの上に座らされる。

「バンザイ」

「……？」

小さい頃、母が風呂上がりに体を拭いてくれた時のようなことを万貴が言う。洸はよくわからないまま、また素直に両腕を持ち上げた。途中で肩を押され、ベッドの上にひっくり返る。驚いているうちに、頭の上で両方の手首をひとつにまとめられた。

「え、な、何」

両手を何かで括られている。さっき外されたネクタイだ。

「何で縛るの……」

逃げたりしないのに、と不満な気持ちと、やけに不安な気持ちが混ざり合って、万貴に問う洸の声が掠れる。

洸の手首を緩く括ったネクタイの先は、低いベッドヘッドの向こうに置かれたフロアライトのポールに繋がれたようだった。床置きで、当然何かを支えるようには出来ていないから、少し手を引くだけでぐらぐらするのがわかる。

拘束《こうそく》されたというには、中途半端なやり方だった。

「引っ張ればすぐ外れるよ」

当惑する洸を上から見下ろし、万貴が頬を撫でてくる。

試されているのだと、洸はすぐに納得した。

「本格的に身動きできなくなるくらい、洸の体中あちこち枷《かせ》をつけるのも楽しいだろうけど」

「……だから、や、やればいいだろ。全然、平気だし」

万貴と喧嘩をしたことはないし、窘められる時でも手を上げられた覚えはない。万貴が人に対して嗜虐的《しぎゃくてき》な態度を取るところなんて想像もつかなかったのに、今洸を見下ろしている万貴の顔には、はっきりとそれを楽しむ色が浮かんでいる。

（……万貴は、もしかして、彼女ともこういうふうにしてたのかな）

そう考えると、洸は急に辛くなった。普通の行為を想像するだけなら我慢はきく。でも特別なやり方を誰かとして、それが二人の秘密になっていると想像したら、泣きたいくらい悔しかった。

「全然平気、って顔してないぞ？」

万貴は微かに歪んだ洸の顔を見て、おかしそうにしている。洸がなぜ唇を噛んだかはわからなかったらしい。

「平気」

掠れた声で言い張る洸に、軽く首を傾げてから、万貴がシャツのボタンに手を伸ばしてきた。勿体ぶった動きで、上から順にひとつひとつ外される。全部外されたあとに前をはだけられる。

その様子を全部見てはいられず、洸は万貴の手と、顕《あら》わになった自分の肌から目を逸らした。

(部活で少しは鍛《きた》えといて、よかった)

多少は筋肉もある。自分でも全体的に肉が足りていないなと思っていたが、貧相というほどではないだろう。

この家で暮らし始めた頃はすでに誰かに風呂に入れてもらうような年齢でもなかったし、個室を与えられていたから、万貴に裸を見られるのは初めてだ。

(……や、中学の頃、何回かプール行ったっけ……)

夏休みに、万貴にプールのある遊園地に連れて行ってもらった。プールサイドで万貴は水着姿の女の子たちに次々声をかけられていたことを思い出し、こんな場合なのに洸はむっとする。万貴は弟と遊んでいるからとすべて断っていて、そのたびざまみろと内心で女の子たちを嗤《わら》っていた自分も思い出した。

その間に、万貴の指先がからかうように洸の肌の上、首筋や胸の辺りを辿っている。ただ指で触れられているだけの動きなのに、洸は身震いが抑えられなかった。

「ちょっと部活、サボりすぎじゃないか？」

遠慮なく洸の肌を眺めながら万貴が言う。いまいち筋肉がついていないことに対してなのか、ちっとも陽に焼けていない肌について言っているのか、その両方なのか。

万貴から見たらみすぼらしい体つきなんだろうか、と思うと洸は少し惨めな気持ちになった。

「これから、ちゃんと出る」

「俺に隠れて杉井と遊んだりしてるから」

「……」

万貴の言葉にはやんわりとした棘が含まれている。

責められているのに、洸は変に嬉しかった。惨めさが急に払拭される。

「妬ける……？」

嬉しくてかすかに頬を緩ませながら訊ねると、万貴も微笑を返してくれた。

その直後に、胸の先に鋭い痛みを感じて、洸は声を上げながら体をびくつかせた。

「いた……ッ」

「洸の乳首はちっちゃいなあ。全然先が出てこないし」

「痛い、万貴、痛……！」

右の胸を、指で捻り上げられている。痛いばかりで苦しい声を漏らすと、少しだけ力が緩められた。代わりに、先の方だけ重点的に指でつつかれ、遠慮のない動きで捏《こ》ねられると、痛みの他に妙な感じがしてきて、洸は戸惑った。

「ああ、でもほら、ちゃんと尖ってきた」

おそるおそる見遣ると、万貴の指で弄られて赤くなった狭くて薄い乳暈《にゅううん》の先端が、ぽっりと膨らみ始めている。

洸はもちろんそんなところを自分で弄ったことはないし、人にされるのも初めてだ。真っ向からうろたえた。小さいと言われたのも初めてだ。他人のそんなところに興味がなかったので、自分の大きさがどうだとか、考えたこともない。

「お、女の子じゃないのに、そんなとこ触っても……」

「女の子じゃないのにこんなところ触られて、尖らせて、恥ずかしくないのか？」

露骨に羞恥を煽る万貴の口調に、洸は簡単に目許を赤くした。

万貴の指がぷっくりと存在を主張し始めた洸の乳首を摘まんで、捏ねて、引っ張ってと、楽しげに遊んでいる。

刺激されて生まれてくるのは、洸が今まで感じたことのない種類のむず痒《がゆ》さと、じんわりした快感だ。

（きもちいい……何で……）

右の胸ばかり弄られて、左の方が寂しくなる。

そこにも触ってほしくなったが、口に出してねだるなんて無理だった。

「ん……」

万貴はずっと片方の乳首を弄り続けながら、困って眉を寄せる洸の顔を眺めている。

万貴から目を逸らしていても、見られているのがわかって、ますます恥ずかしい。ぐりぐりと指の腹で膨らみを押されて焦れたように声が漏れてしまうのも、急につまみ上げられて息を呑む反応も、隠しようがなかった。

強い快楽があるわけではなく、それよりは焦れったさが勝った。気持ちいいのに、思うようにはそれを感じ取れない。

もっと、と考えた自分に洸は愕然とした。最初にひどく捻り上げた割に、今の万貴の仕種はやんわりとしていて、物足りない。

（もっと、痛くしていいのに……）

優しく捏ねられるより、摘まんで引っ張り上げられ、指の間で擦るようにされる方が気持ちいい。でもやっぱり、刺激が足りない。

「……万貴……」

耐え切れなくて、洸はあえかな声で万貴を呼んだ。

「ん？」

笑って問い返しながら、万貴がぎゅっと洸の乳首を捻り上げ、洸は息を呑んで身を強張らせた。

「どうした、洸？」

ぞくぞくと震えて言葉を切らせてしまった洸の顔を、また楽しげな万貴の表情が覗き込む。

「……、……は、反対も……」

「うん？」

「こっちも、触って……」

顔を左側に背けながら、洸は消え入りそうな声で懇願した。すぐには万貴の反応がなくて、呆れられたかと怖くなっておそるおそる横目で見上げると、微かに目を瞠った顔が視界に入った。

やっぱり呆れられたんだと、洸はもう後悔する。

「う、嘘、何でもない」

「——どういうふうに触ってほしい？」

右側を弄る指は休めないまま、万貴が訊ねてくる。驚いたような顔をしたのはほんの一瞬のことで、万貴はもう余裕に満ちた表情と声音に戻っていた。

「……今と、同じみたいに」

必死に恥ずかしさを押し殺して、洸はまた消え入りそうな声で言う。

「痛くしてほしい？」

「……」

洸がどう触れられるとどう反応するか、仕組んでいる万貴がわからないはずがない。洸は隠しても無駄だと悟って、小さく頷いた。聞こえよがしな笑い声が聞こえて身が竦む。恥ずかしくてどうしようもなかったのに、触れられる期待の方が勝った。

「悪い子だな、洸は」

ぎゅっと強く摘まれて、洸は悲鳴を押し殺した。辛いよりも、変に甘い響きになりそうなのが怖くて、咄嗟に声を呑み込んだ。それでもまだ足りない。もっと続けてほしかったのに、不意に痛みからもむず痒さからも解放されて、洸は万貴を見上げた。万貴はベッドから下り、洸から離れようとしている。

「万貴――？」

「この間、同じゼミの子から旅行の土産って言ってもらったんだった」

「……？」

万貴は机の上に置いてある鞄を探り、何かを手に、洸のところに戻ってきた。戻ってきてくれたことにほっとしかけた洸は、万貴がこれ見よがしに指で摘まんでいるものを見て、眉を顰めた。

「……何、それ……？」

「俺も何に使うかいまいちわからなくて聞いたら、写真を飾ったり、カードを立てたり、お菓子の袋の口を止めたり、好きに使うものだって」

万貴が持っているのは、洗濯ばさみを小さくしたような、木製のクリップだった。綺麗な和柄でペイントされている。

「さすがに俺の部屋で使うのは可愛すぎるし、お母さんにあげようかと思ったんだけど」

万貴がベッドに腰をおろして、少しマットが沈む。ためらいのない仕種で、端を摘まんで先端を開いたクリップを、さっきまで指で弄っていた洸の乳首に近づけてくる。

何をされるのか、これでわからない方がどうかしている。

「や、やだ！」

咄嗟に身を捩りかけた洸を抑えたのは、万貴の眼差しひとつだった。

「嫌？　なら、やめよう」

乳首に触れるか触れないかのところで、万貴がクリップを引っ込めた。

焦って、洸は身を起こしそうになってから、がたりとスタンドライトの動く音がしてさらに狼狽した。手首とスタンドを繋ぐネクタイが外れれば、きっとこの時間は終わってしまう。

「……嘘、平気……」

身動ぎをしないように自分に言い聞かせながら、洸は声を絞り出した。

「全然、平気だし」

万貴が笑う。

「可愛いなあ、洸」

可愛い、と言われると洸は嬉しい。強がりをからかうような響きなのに、それでも嬉しかった。

万貴の手にしたクリップが再び近づいてきて、ゆっくりと、膨らんだ洸の乳首に食いつく。

「……ッ」

あまりバネが強い作りではないのか、想像したほどは痛くなかった。それよりも、可愛らしいクリップでそんなところを挟まれたという視覚的な衝撃の方が、洸を弱らせた。

(変……恥ずかしい……)

ひどく痛みはしないが、じんわりした刺激があって、それも落ち着かない。

「こっちにもちゃんと、飾っておこうか」

「え」

万貴は、まだ触れられずにひっそりしたままの左側の乳首にも、クリップを宛がった。ほとんど膨らみのない乳首を無理に挟まれて、今度は痛みが走る。

「んっ……」

「似合ってる」

微笑んだ万貴に褒められても、嬉しくはない。

傍から見たらきっと笑える姿だ。

そう思うのに、洸はさっきから自分の体の変化に気づいていて、落ち着かない。

(どうしよう……)

無意識に脚をもぞつかせてしまうと、また万貴に笑われた。

「脱ぎたい？」

「……」

答えられずに、洸は万貴から目を逸らした。万貴は洸の答えなど待っていなかったふうに、返事を促しもせず、洸のズボンのベルトに手をかけた。

脱ぎたいのではなく隠したかったのだが、洸は必死に口を噤む。万貴のすることを嫌がっては駄目だと、自分に言い聞かせる。

（嫌がって、逃げたら、万貴はもう俺に触らない）

そんな確信がある。そう宣言されたわけではないのに、洸にはわかっていた。

手際よくベルトのバックルを外され、制服のズボンを脚から引き抜かれると、あとは下着と靴下だけになる。

下着の上からでも、その中に隠れていたものが膨らみかけているのがわかって、洸は全身赤くなった。

万貴にキスされて、乳首を弄られて、それでもう勃起《ぼっき》しはじめている。

万貴はためらいもなく洸の下着にも手をかけた。洸は抵抗も協力もできず、力なくベッドに横たわったままだ。目を閉じて、剝き出しにされる下半身を意識しないように必死だった。

万貴がくすくす笑っているのは何に対してなのか、訊ねることもできなかった。

「洸は、自分でするのも苦手なんだな」

「……」

他の人のそこがどうなっているのか、父親を知らずに育った洸にはわからない。学校行事で級友たちと風呂に入ることがあっても、他人様のものをまじまじ見るなんてしたことがない。

でも万貴がそう言うのだから、きっとほとんど自慰をしたことがないと、見るだけでわかる感じなのだろう。

「……手、汚れるじゃん……」

やはりどうしても、自分のものですら、体液に触れることが洸には不得手だった。大抵は風呂場でシャワーを浴びながら手早くすませた。やり過ごせない時は、部屋で嫌々擦ってティッシュで拭って、念入りに手を洗った。本当に、小さい頃はあれほど泥まみれの汚い子供だったのに、なぜ今こうなのか、洸自身にもわからない。

「でももう今、下着も汚れてたぞ？」

万貴は脱がせた洸の下着を手に取ったままだ。見せつけるようにしてくるその生地の一部が少し濡れているのを確かめてしまって、洸は泣き声か唸《うな》り声かわからないものを喉で押し殺した。

「もう、先から垂れてきてる。ほら」

「ぁ……ッ」

まだ完全に硬くなってはいない洸の性器の先端に万貴が触れると、下着を見るのが嫌で目を閉じた洸にも、そこが濡れているのがわかった。

「洸、ほら」

促されて嫌々目を開ける。自分に触れていた万貴の指と、勃《た》ちかけの性器の先端の間で先走りが糸を引いているのを見てしまい、洸は我慢できずに涙目になった。

「万貴の手が汚れる」

泣き声でそう言った時に、洸は気づいた。汚れるのが嫌だと感じるようになったのは、万貴みたいになりたいと願い始めた頃だ。出会った頃の万貴は、綺麗で、一切の汚れと縁遠そうに見えていた。――本当は今も、洸は万貴のことをそう思っている。

「触っちゃ駄目だよ……」

嫌がったら駄目だと自分に言い聞かせたばかりなのに、万貴がそこに触れることに、洸は耐えられなかった。

「でも、触ってほしそうだぞ?」

万貴にちょっと先端を弄られただけで、洸のペニスは下着を脱がされたばかりの頃より少し大きくなっている。放っておいても完全に上を向きそうだ。そして先端からは、相変わらず透明な雫《しずく》がだらしなく滴っている。信じられない。

「ごめんなさい……」

泥遊びの汚れを母に叱られた時よりも辛い気持ちで、洸はその場所を万貴の目から隠そうと身動ぎした。

「洸、駄目だよ」

今度洸のその動きを阻んだのは、優しい万貴の呼びかけだった。

「ちゃんと俺に見せなくちゃ」

「……」

捩りかけていた身を、洸はのろのろと元に戻した。無防備にベッドで仰向けになるしかない。

「それにこれ、放っとくわけにもいかないだろ?」

万貴がまた、洸のペニスに触れようとする。制止の言葉を飲み込み、きつく眉根を寄せる洸を見て、万貴がその手を止めた。

そのまま万貴が自分に背を向けるから、洸はほっとするいとまもなかった。

「そうか。洸は、俺に触られるのはそんなに嫌か」

「ちが……そうじゃなくて……」

「仕方ないな」

「万貴」

万貴が離れていきそうなのが怖くて、相手に駆け寄りたかったのに、柔らかく手を戒《いまし》められていてそれもできない。

「万貴、やだ、行かないで」

だが万貴は、洸を見捨てて離れようとしているわけではなかった。

さっきクリップをみつけてきたように、机から今度は別の何かを手にして、ベッドに戻ってくる。

万貴が利き手に握っているのは、細長い透明なプラスチックの定規だった。目測で三十センチほどの長さがあるものだ。

「これなら俺の手は汚れないだろ？」

「――」

それで何をするのかなんて、聞くまでもない。

身を強張らせる洸の腿《もも》に、万貴が定規を当ててぴたぴたと軽く叩いた。洸はさらに身を固くする。

万貴はすぐに洸から定規を離して、今度は自分の掌をそれで何度か叩いた。パシン、パシンと乾いた音がする。微かに万貴の眉が寄る。

「結構痛いな」

「……、……」

やめて、という言葉を、洸は死に物狂いで呑み込んだ。

(万貴に見放されるくらいなら、痛い方がマシだ)

体の痛みなんてきっと耐えられる。我慢できずに自分が逃げ出して、万貴が他にこんなことをする相手をみつけたらと想像する方が、洸にはよっぽど辛かった。

「嫌なら、嫌って言っていいんだぞ?」

思い詰める洸をからかう口調で万貴が言い、洸は強情に首を振った。

「全然、嫌じゃない」

「……」

万貴が笑って、今度は腿ではなく、性器に定規を当てた。怯えて体が竦むのと同時に、その場所も萎れてしまったと思ったのに、むしろさっきよりも大きくなっていることに、洸は心の底から愕然とした。

（嘘……）

体が小刻みに震えているのは、怖いばかりじゃない。

万貴に痛みを与えられることを、どこかで期待していたからだ。

（嘘だろ）

万貴の手に収まる定規を見た時よりも、洸はうろたえた。軽く茎の側面を定規の側面で叩かれて、びくりと全身が跳ねるように震えた。

「――すごいな、洸」

演技なのか、本音なのか、ひどく感心したような万貴の口調も洸の羞恥を強く煽る。絶え間なく先端から流れ出る透明な体液を定規が掬《すく》って、それでまたペニスを叩くから、卑《ひ》猥《わい》な水音が上がる。

「あ……、あ……ッ」

本当に微かに触れられただけなのに、洸は引き攣《つ》るように腰を震わせた。

「触られるのが嫌なんじゃなくて、触らなくてもいけそうなのか？」

「違……」

違うと口では言いながらも、定規で側面や先端を叩かれ、なぞられると、刺激に体が震える。

体の芯からも、直接の刺激ではないものが生む震えがぞくぞくと立ちのぼってくる。

それが怖くて、洸は啜り泣いた。怖くて泣いているのか、気持ちよくて泣いているのか、自分でもわけがわからなくなった。

それでも必死で声を上げることを堪える。万貴に定規で嬲《なぶ》られることではなく、それが気持ちいいと感じる自分の体について「嫌だ」と叫びたかったのに、言えばまた万貴が自分に背を向ける気がしたから、それも死に物狂いで呑み込んだ。

「やっぱり悪い子だな、洸。こんなことされて、気持ちよがるなんて」

その洸の努力を笑うように、万貴が少し強い力で洸のペニスを叩いた。

「ひぁ……ッ」

堪えきれず高い声を上げて、洸はまた腰を痙攣《けいれん》させる。ペニスの先端からも、両目からも、涙が零れて止まらなかった。

（やだ――やだ……！）

目を瞑《つむ》ってやり過ごそうとするのに、せり上がる射精の衝動が止まらない。

もう一度パシンと定規で茎を叩かれて、洸は堪えきれずに、ペニスの先から先走りではなく精液を吐き出した。大した量ではなかったが、たしかに達してしまった。

「……ん……、んっ」

身震いが止まらない。腹が波打って、もう一度白いものが先端から零れた。

（嘘だ……）

啜り泣きが止められなくなった。恥ずかしくて恥ずかしくて、大声で喚きたかったのに、力なくしゃくり上げることしかできない。

「馬鹿だな、洸」

おまけに万貴からそんなことを言われて、洸は泣き声を少し大きくした。

それでも叫び出さずにすんだのは、万貴の手が優しく髪を撫でてくれたからだ。

「せっかく逃がしてやろうと思ってたのに」

「……」

見上げると、泣きすぎたせいでまた万貴の顔がよく見えない。

だが万貴がどこか困ったような表情になっている気がして、洸には不思議だった。

「……万貴……？」

名前を呼ぶと、髪を撫でる手と同じくらい優しい仕種で、唇にキスされた。

短いキスをして、万貴が洸から体を離した時には、両方の胸の先からクリップが外されていた。すぐに、手首とスタンドを繋いでいたネクタイも解かれる。

（え……）

部屋の中に濃密に満ちていたような、自分と万貴だけが共有していた空気が、唐突に霧散してしまった気がして、洸は当惑した。

(……もう、終わり？)

まだ続くものだと思っていた。

だが万貴は洸の体を起こして、シャツを着せ直し、ボタンを留めている。

「風呂、沸かしてやるから」

「……え……」

洸のボタンを嵌《は》め終えた万貴は、洸がこの部屋を訪れた最初の時と同じように、優しい、出来のいい兄の顔で笑っている。

「お母さんが帰ってくる前に、着替えないと」

「……」

壁の時計を見れば、そろそろ早く仕事を終えた時の母親が帰宅する頃合いになっている。

(そっか……こんなの、お母さんたちに知られたら)

だからもう、終わりなのだ。

――洸は、それがひどく心残りに感じながら、風呂の湯を入れるために部屋を出ていく万貴の後ろ姿を見送った。

6

万貴に体を弄られた日の夜、洸はそのことを嫌でも反芻してしまって、よく眠れなかった。

(あんな万貴、初めて見た……)

今まで見たことのない表情で笑って、自分に触れる。

縛られたことも、クリップや定規を使われたことも、思い出すだにとんでもないことのような気がして、洸は無闇に寝返りばかりを繰り返した。

(あんな自分も……)

万貴が触れたところすべてに熱が残っている気がする。

(……もっと、してほしかった)

まるで途中で放り出されたようで、洸はスッキリしなかった。一度射精したのに足りないなんて信じがたいが、物足りない気分は消せない。

「……」

結局また、万貴にされたことを、その感触を思い出し、反芻《はんすう》する。

洸は生まれて初めて、寝具の中で自慰をした。体が熱くてどうしようもなくて、止めようがなかった。そっと下着の中に手を差し入れると、いつもこういう行為の時に生まれる後ろめたさは、不思議なくらい感じなかった。

直接触れると、もうペニスが硬くなり、先走りを零している。生温かく濡れた感触が気持ち悪いと思うのに、その気持ち悪さに背筋が震えた。嫌悪感だけではない、たしかな快感があったが、洸はもうあまり戸惑わなかった。

（そうか、俺、本当はこういうの好きだったんだ……）

かるく握り、ゆっくりと擦る。嫌がらなかったら、万貴の手にこうしてもらえたかもしれないのに。

（……でも、痛いのも、よかった）

万貴にされた時のことをつぶさに思い出しながら、洸は反対の手をシャツの裾から胸元に潜り込ませた。触れてみると、柔らかいかすかな膨らみが指先に触れるだけだ。万貴はどうしていたっけ、とその動きを真似て、先端をつついたり、擦ったりしてみると、そこが少しずつ尖ってくる。

「……ん……」

鼻声のようなものが漏れて、少し焦る。唇を噛みながら、万貴がしたみたいに、少し強めに乳首を摘まんでみる。

「んっ」

夢中で両手を動かし、そう時間をかけるまでもなく、洸は今日二度目の射精をした。掌に生温かい体液が吐き出され、気持ち悪くて、またぞくぞくする。

しばらく目を閉じて、荒い息を整える。

（……万貴、またしてくれるかな……）

考えるのは、そんなことばかりだった。

◇◇◇

洸の期待に反して、万貴は次の日からあまり家に居着かなくなった。

ゼミとアルバイトが忙しいと言っていて、こっそりと杉井に訊ねてみれば、実際そのとおりのようだ。

『俺もＯＢの頼みで新しいバイト始めて、土日は式場のバイトに駆り出されてるから、ボラの方行けない』

だからよかったらあゆみを手伝ってくれ、と杉井のメールに書いてあったが、洸はボランティアに行く気が起きなかった。杉井にメールをするのもひどく迷ったほどだ。万貴は洸が杉井と親しくすることや、ボランティアに行くことを喜んではいない。

「飽きたの？」

月曜日、廊下で顔を合わせたあゆみに単刀直入に訊ねられた。土日とその前の平日も、あゆみからボランティアの参加を打診されたのだが、洸は返事もしなかった。しなくちゃいけないと思ったのに、後ろめたさに後回しにしているうち、週が明けてしまったのだ。

「そういうわけじゃないけど……」

「いいけど、別に。そういう人多いし」

そう言いながらも、立ち去るあゆみは少し残念そうな雰囲気だったので、洸はまた後ろめたくなる。

（でも、万貴がいつ家にいるかわかんないし……）

去年の今頃も、万貴は同じように忙しくて、同じように家に居着かなかった。ゼミだかサークルだかの合宿があって、週末はまったく帰ってこなかった時もある。

だから万貴に避けられていると感じるのは、思い込みだ。

万貴の顔を見て、二人で話がしたい。何を話すのかは思いつかないけれど、そうしたい。

熱心に願う洸の気持ちに反して、もう一週間もそれが叶わない。

いっそメールでもしてみようかとも考えたが、書くべき内容が思いつかなかった。忙しいみたいだけど大丈夫、と訊ねたとして、大丈夫だよと返ってくるだけなのは目に見えていた。

同じ家で暮らしているのになかなか会えないなんて――と、授業に集中することもできずに考えていた洸は、『じゃあ同じ家で暮らさなくなったら？』と思いついて、愕然とした。

今までその可能性に思いつかなかったことにもびっくりだ。

洸は大学も万貴を追い掛けるつもりで、万貴が院に進むとして、それにも続けば、長くて四、五年は同じキャンパスに通えるはずだった。

でも、そのあとは。

（就職先まで万貴と同じにできるのか……できたとして、万貴はずっと家に住み続けるのか……）

充分な広さのある持ち家だし、通える距離なら社会人になっても実家に住み続けたところで、おかしくはない。だが、転勤があるかもしれないし、そもそも自宅からは通えない場所に就職する可能性もある。

それに――万が一、考えたくもないけれど、結婚したら。

（……嫌だ）

万貴が他の誰かと別の家庭を作り家を出ていくというのは、洸にとって生まれて以来最悪の想像だった。

しかも想像ではなく、来たるべき未来なのだ。

（嫌だ嫌だ嫌だ、絶対嫌だ！）

万貴が一人暮らしを始めた場合、洸がたとえ万貴と同じ大学に行けなくても、就職先を合わせることができなくても、『万貴と暮らしたい』と言えば両親は反対しないだろう。むしろ、万貴と一緒なら安心だと、勧めてくれるかもしれない。

でもそこに万貴の伴侶が居座っているとしたら、洸が割り込むのは不可能だ。

考えるだけで、いや、考えようとするだけで、洸は貧血でも起こしそうな気分になった。

（駄目だ、絶対、万貴と話をしなくちゃ）

吐き気を堪えながら、決心する。

（何が何でも、万貴を手にいれなきゃ）

◇◇◇

だが、その日も万貴の帰りは遅かった。両親はもう仕事を終えて帰宅しているのに、日付が変わろうとしても、戻ってこない。

「洸、万貴も鍵を持ってるんだから、休んで大丈夫だよ」

頑張って居間に居座っていると、風呂上がりの義父に声をかけられた。

「ロックだけ外しておいてくれればいいから。洸ももう寝なさい」

「はい……おやすみなさい」

先に母の向かった一階の寝室に、義父も去っていく。

洸は一時過ぎまでは頑張っていたが、そのうち眠気に負けてソファに転がり目を閉じてしまった。

目が覚めたのは、肩を揺すられたからだ。

「洸。こら、洸、こんなところで寝てると風邪ひくぞ」

揺さぶられ、目を擦りながら身を起こす。

自分を起こしてくれた人が離れようとするのに気づいて、はっとした。

「万貴」

寝起きで声が掠れてしまった。万貴には洸の呼びかけが聞こえなかったのか――それとも聞こえなかったふりをしたのか、居間から出ていこうとしている。

「待って、万貴」

中途半端に転た寝をして重たい頭を抱えるように、洸は万貴を追い掛けた。万貴は階段を昇っている。部屋に入ろうとするところで追いついて、勢い余ってその背中にぶつかった。

「どうした、寝ぼけてるのか?」

笑いを含んだ声で振り返り、頭を撫でる万貴は、紛れもなく洸の『兄』の姿だ。

意図的にそれを演じていると、洸はすぐに見抜いた。

「起きてる。万貴を待ってたんだ」

「課題でわからないところでもあるのか? ——でもごめん、バイトで少し疲れてるんだ。別の日なら見てやれるから……」

「万貴さ、もう、俺には、通じないよ」

やっぱり万貴は、自分を遠ざけようとしている。

それがわかって、ひどい焦燥感に駆られながら、洸は万貴の体にしがみついた。

「万貴が俺を煙に巻こうとしても、無理だよ。何か、わかるから」

「……」

以前、ボランティアについて注意された時、『兄さんには関係ない』と突っぱねた時も、万貴は洸に対していつもどおりのようでやんわりと突き放すような態度だった。あの時万貴は多分、自分の言うことを聞かない洸を懲罰的な意味合いで適当にあしらったのだ。洸が泣きついてくるのを見越した上で。

でもこれはあの時とは違う。万貴は本当に洸と距離を置こうとしている。

(だから、今離れたら駄目だ)

万貴は「そんなことないよ」とか、いつもどおり笑って洸をやり過ごそうとしていない。洸が『わかった』ことを、万貴もまた、わかったのだ。

(章介さんが出会ってすぐに見抜いたみたいに)

これで杉井には追いついた。

洸にはそれが嬉しかったし、でもなぜ今万貴が自分から離れたがっているかはわからなくて、困ってもいる。

「万貴、あのさ――」

何から話せばいいのかわからないまま洸が口を開いた時、階下で床の軋《きし》む音が聞こえた。両親のどちらかが、手洗いにでも起きたのだろう。廊下で話していれば声が響く。

万貴がこちらを自室に追い払いたがっているのはわかったが、洸は強引に万貴の部屋のドアを開いて、万貴より先に部屋に滑り込んだ。

「洸」

「ドア閉めないと、お母さんたちが心配して二階に来ちゃうよ」

「洸、もう遅いから」

「万貴はさ……どうして後悔してるみたいな顔してるの？」

久しぶりに間近で万貴の姿を見て、洸はそのことに気づいた。

自分を見る万貴の目が、何かを悔いているように見える。

それを指摘すると、万貴が苦笑気味に笑った。

「そりゃ、自戒を破って洸にあんなことしたからさ」

案外正直に、万貴がそう打ち明けてくれる。

杉井に本性を隠しても無駄だと感じたように、洸にももう模範的な兄としての態度が通じないと悟ったのだ。

「自戒？　って？」

「洸に手を出すなって杉井にしつこく何度も言われなくても、俺はそもそも出さないつもりだったんだよ」

「……」

万貴の言葉が真実かどうか計りかねて、洸は少し疑り深く相手の顔を窺った。

万貴は荷物を床に放って、ベッドに腰を下ろしている。洸はその向かいに立った。

「でも万貴は、俺が逃げなくなるように、何年もかけてたんだよね？」

「そう。だって、手に入ったらつまらないだろ？」

「……え？」

万貴は笑いもしない顔で言って、洸を見上げている。

「何でも俺の思い通りになるんじゃ、俺は本当につまらないだろ？」

「……」

「だから洸ができあがるまで待ちたかったんだ。洸が自分で気づいて、俺から逃げようとするまで」

「……何、それ……」

やっと万貴のことがわかったと思ったのに、また手許を擦り抜けるように、洸には相手の考えていることがうまく読み取れなくなってしまう。

「杉井みたいに俺の本性に気づいて、俺を嫌って、逃げたところを捕まえて、思い通りにしたかったんだよ。その方が楽しいだろ？」

そこでやっと、万貴が笑う。

洸は冷たくなりかけた手を、ぎゅっと握り込んだ。

「じゃ、じゃあ、今俺がここにいるのは、万貴にとって、失敗だっていうこと？」

「そうだよ」

あっさりと頷く万貴に、この部屋に来るまで意気込んでいた洸の気持ちが、見る見るしおれていく。

(何だよそれ)

「洸をうまく成長させてあげられなくて、ごめんな。杉井のせいで俺がどんな人間かわかったはずなのに、それでもまだ洸は、俺にいい兄貴としての夢を見てるんだな」

穏やかに言う万貴に、洸は少し、引っかかりを覚えた。

ささやかな違和感。

でもこれを見過ごしては駄目だと、どこかで警鐘が鳴っている。

「でも大丈夫だよ、これからも俺は、ちゃんと洸のいい兄さんとして」

「今さら何言ってんの？」

考えろ、と頭は命じているのに、洸はその余裕もなく、口を開いてしまった。

「知ってるよ。万貴がどんな人か俺、ちゃんとわかったよ」

(万貴は俺を逃がそうとしてるのか)

洸にはどうしても、杉井の言うように、万貴が裏表を持つ人だとは思えない。単純にそんな話じゃない。だって杉井といる以外は常に誰かに囲まれている万貴の人生のほとんどが、優しく賢く綺麗な天川万貴として過ごす時間なのだ。

人を思い通りに動かして楽しむ万貴も、人に親切にしている万貴も、どちらも本当の万貴ではないのか。

(だから万貴は、俺の兄さんとして、俺に『裏』の方の自分とは付き合わせないように……)

この間の夜を、なかったことにしようとしている?

「わかってないよ、洸は。やっぱり俺をすごくいいもののように見てる。杉井くらい悪し様に言ってくれるなら、いっそそばにいられるかもしれないけど……」

杉井の名前を出されてカッとした。

でもそれが万貴の手管だと気づけたので、危ういところで洸は冷静さを取り戻す。

「章介さんのことなんて今はどうだっていいよ」

「なんて、って、ひどいな、人の友達に」

(駄目だ、これじゃ、万貴のペースだ)

万貴は力ずくで兄弟としての日常を取り戻そうとしている。

(何で?)

あまりに万貴が普段と変わらない態度を貫こうとするから、あの夜のことなんて自分の夢だったのではと思えてくるほどだ。

（言いなりになれば見捨てられて、逃げれば放っておかれて、じゃあ、どうしたらいいんだよ）

混乱して、洸はうまく考えがまとめられない。

「とにかく今日は遅いし、洸も明日学校があるだろ」

万貴は洸を追い払いに掛かっている。

でもここで大人しく出ていけば、やっぱりもう全部終わりだ。

「やだ。出てかない」

「洸」

強情な弟に手を焼く兄の顔で、万貴が苦笑する。

「子供みたいな駄々を捏ねるもんじゃないよ。洸だってもう高校生なんだから」

「俺にあんなことしといて、子供も何もないだろ」

怒りを含んだ口調で言うと、万貴が微かに目を瞠った。

「万貴のことといい兄貴だなんて思ってないよ、俺が痛がるの見て、楽しむとか……」

「――ごめん、洸」

万貴が目を伏せる。自分から視線を逸らす万貴の姿に、洸はひそかにうろたえた。

「本当に、ごめん。さっきも言っただろ、洸にあんなことするつもりはなかったんだ」

——手を出したらつまらなくなるから？

——それとも本当は俺を自分から逃がすために？

辛そうに俯く万貴をみつめるうちに、洸の中で、また何かがひっかかった。

それから、気づく。

（どっちも違う。そんな理由じゃない）

もしかしたら、万貴自身も気づいていない——認めようとしていない気持ち。

（万貴は、俺が怖いんだ）

その可能性に思い至って、洸は身震いするほどの悦《よろこ》びを感じた。

万貴は結局、杉井にはもっとも根深い部分をまだ見せていない。杉井はそこまで気づけない。なぜなら気づく必要のない部分だからだ。

（全部わかられることが嫌なんだ）

手を出すつもりはなかった、と言った万貴の言葉は本当だろう。

ただ、理由が違う。

「だから、今さら、何言ってんの？」

気づくと、洸は自分で思った以上に、悲しそうな顔と声音を作ることができた。

「俺、万貴のせいで、おかしくなっちゃったんだよ……？」

告げながら、万貴に近づく。拒まれる前に、万貴に縋るように抱きついた。

「……洸？」

耳許で、微かに訝しそうにしている万貴の声がする。その声に洸は震えた。

「万貴……こないだみたいにして」

精一杯の媚態《びたい》を出そうとしながらねだる。

「こないだみたいに、縛ったり、痛くして」

意図的に媚びるように言っているつもりなのに、演技ではなく恥ずかしくて、全身が焼けるように熱くなる。

あの夜から洸が万貴を思って自分を慰めたのは、一度限りのことではなかった。

――そしていつも、物足りなかった。

「万貴、お願いだから……」

泣き声でまたねだると、万貴が身じろいだ。頭の後ろ、髪を掴まれ、常の万貴らしくない少し荒い仕種で体を引き剝がされた。

それを不満に思う間もなく、今度は後ろから頭を押されてそのまま万貴の唇に唇が触れる。

嚙みつかれて、少し唇が切れた気がする。堪えようとはせず、洸は呻き声を上げた。

万貴は気にせず洸の唇を開かせ、熱心な仕種で中を掻き回してくる。洸も拙《つたな》い動きでそれを真似る。

唾液の温かさが、ぬめりが、やはり気持ち悪い。

でも嫌悪や怯えがそのまま快楽に繋がっていることを、洸はこの間万貴に教えられてしまった。

（自分がこんなだって、全然、知らなかった）

万貴だってわからなかっただろう。わかっていたのは彼自身の性質だけだ。だからあの夜のあと、自分のしたことを悔やんで、洸から逃げた。逃がそうとするのではなく、万貴自身が逃げた。

（大丈夫なのに）

深く接吻《くちづ》けを交わしながら、万貴が洸を引き寄せ、自分の膝の上に座らせようとする。洸はそれに従って万貴の脚を跨《また》いで座り、そのまま首に腕を絡めようとした。――が、その動きは万貴の手で阻まれた。

（俺が万貴に従うのは、万貴を好きだからっていうだけじゃなくて……他の人みたいに、万貴になら何されてもいいって簡単に屈服するんじゃなくて）

両手を背中の後ろに回される。洸はもちろん逆らわなかった。

万貴は自分の腰のベルトを引き抜いて、それで洸の手首を括った。このあいだよりもきつく、少し痛みを感じるくらいだった。

「痛……」

思わず万貴から舌と唇を離し、顔を歪める洸を、万貴が覗き込んでいる。

「もっと痛い方がよかったか？」

「……きゅ、急には怖いから、段々に」

本当は今すぐ万貴に壊されたところで悦びしか感じなかっただろうが、勿体ないので、洸は怖がるふりでそう答えた。万貴が微笑む。

「そうだな、段々に」

笑ってくれた万貴が嬉しくて、洸はその首筋に頬をすり寄せた。

（段々でいいから、万貴のこと全部見せて）

――万貴が怖いのは、洸が自分を妄信したままこの行為に従うことと、それでも自分が止まれないことだ。

（万貴、俺のこと、滅茶苦茶好きなんじゃん）

自分だけ本気で相手を想うことなんて、万貴の人生でこれまで一度もなかったに違いない。

すべてをさらけ出した上で否定されることは、さぞかし怖かっただろう。

(万貴には俺が特別なんだ)

大声で笑うか叫び出したいくらい嬉しかったが、一度声を上げたら止まらない気がして洸はそれを堪え、代わりに万貴に身をすり寄せ続ける。

「犬か猫みたいだな、洸」

からかわれて、洸が落ち込む理由もない。だって万貴は、他の人たちを犬猫のように可愛がっていても、洸だけには違うから。

「俺、ちゃんと、万貴に飼われるよ。言うこと聞くから……ちゃんと、いっぱい、可愛がって」

「――いい子だな、洸。可愛い」

可愛いはいいとして、いい子と言われたのが、洸には少しだけ不満だった。

(悪い子だな、って万貴に言われる方が、ぞくぞくする……)

万貴に叱られたくて、洸は首筋に埋めていた唇をずらして、相手の耳に噛みついた。

「……ッ、こら！」

割と本気で耳朶《みみたぶ》に噛みついたら、望みどおり叱られて、さっきよりもきつく髪を摑まれ頭を引き剝がされた。

「せっかく褒めてやったのに、何やってるんだよ。野良犬じゃあるまいし――」

叱られたのが嬉しくて、洸は笑う。

笑った自分を見て、万貴が震えを堪えるような顔になるのを見て、たまらない気分になった。

(まだだ)

まだ全然、洸の知らない万貴がいる。

(でも――手に入れた)

ちゃんと躾《しつけ》をしないと、と言って、万貴が洸を自分の膝からベッドの上に転がす。

何をされるのか、焦がれるような気分で洸は万貴を見上げた。

万貴が洸の家着のTシャツを押し上げ、胸元を顕わにする。

その眉が微かに顰められた。

「――洸、自分で遊んでた?」

「……うん」

死にそうな恥ずかしさに塗れながら、問われて素直に洸は頷いた。

あれからほぼ毎晩、洸は自分で自分の乳首を弄っていた。

万貴がいない部屋に忍び込んで、あのクリップを使って遊んでいたことを、詰問されるまでもなく自分から白状してしまう。

「でも、何か、違くて……万貴がしてくれた時みたいに気持ちよくはなくて、痛くしても痛いだけだし、あんまり……」

万貴が深々と溜息をついた。

「いい子、って言ったのは、取り消す。ちゃんと我慢しなさい、洸はこれから、俺が見てる時以外は自分で触っちゃ駄目だ」

「……胸だけ?」

困って訊ねるというより、期待した声になってしまった。万貴がふと唇を歪めて笑う。

その笑い方が、洸は無性に好きだった。

ズボンの上から、きつく下肢の間を摑まれる。痛みに身を竦ませる洸の下着の中は、多分もう濡れている。

「こっちも」

「何も知らない洸を、少しずつ自分の手で育てる楽しみっていうのがあるんだよ。俺が触るまでもなく熟したら、つまらないじゃないか」

「ごめんなさい……っ、ちゃんと、そうするから」

膨らみかけた性器を強い力で揉まれ、洸は痛みに眉を寄せながら喘《あえ》ぐように言う。

万貴に叱られて、従うのが気持ちいい。

「――本当に、洸は」

万貴が何か言ったが、洸には上手く聞き取れなかった。わからないまま涙目で笑って見せると、万貴はまた噛みつくようなキスをしてから、洸の体を起こさせた。万貴に背中で凭れるように座らされ、ずっと望んでいたとおり、万貴の指できつく乳首を摘まれ、すりつぶすように捏ねられる。

「ぁ……ん、あ……ッ」

そこそこ大きな声を出したところで、階下までは響かない。そうわかっていても、洸は高く上がりそうな声を押し殺した。その首筋に、今度は万貴の方が顔を埋める。肩に歯を立てられる痛みに全身が震えた。

下着の中のペニスも悦びで硬くなっていくのがわかる。

それを恥ずかしいと思う気持ちはどうしてか止められない。

(恥ずかしいから、余計、気持ちいい)

万貴はさんざん洸の乳首を弄り、腫《は》れ上がるほどになった頃、片方の手を下着の中に滑らせてきた。直接擦られると、快感で頭がどうにかなりそうだった。自分でする時とはまるで違う。

自慰でも達することはできたのに、全然違う。

「万貴……何で、もっと強く……」

乳首は思った通りに痛くしてもらえたのに、ペニスを握る万貴の手はゆるくそこを撫でるばかりだ。焦れて恥ずかしいことを訴えるのに、万貴は聞いてくれない。

「──痛いことは、これからしてやるから」

囁きながら、万貴が洸のペニスの先端から先走りを絞り取るような仕種になる。きゅっと力を籠めて先端を擦られて、洸はもう達しそうになった。

だが強く触れてもらえたのはそこまでで、不満に思っていると、胸を弄っていた方の腕で軽く腹を抱え上げられた。

ベッドから少し腰が浮く。ペニスに触れていた万貴の濡れた指が、会陰をなぞるようにしながらもっと深い位置に動き、やがて小さな窄《すぼ》まりに辿り着いた。

「……ッ」

勝手に身が竦む。万貴の指は、洸の体液で濡れてはいたものの、ほとんど強引に中に入り込んできた。

まさかこんなことを、などと言う気はない。洸は万貴を待つ間、風呂に入って全身を清め、その場所もシャワーでいつもより念入りに洗った。

万貴に以前触れられてからこの一週間で、洸の性に関する知識は雑誌やインターネットなどで飛躍的に広がった。

(万貴、俺に、首輪とか足枷とか、買ってくれないかな……)

体の中で蠢《うごめ》く万貴の指の感じを味わいながら、洸はひっそりとそんなことを熱望する。自分からねだるのは駄目だと思う。万貴が用意して、嫌がって恥じらう洸に、力ずくでそれを嵌めてほしい。

「——そうか、洸をちゃんと躾けるなら、もっといろいろ準備しないとな」

そんな洸の内心に呼応するように、万貴の呟きが耳許で聞こえる。

心を覗かれた気がして焦った。

「こら、逃げるな」

触れられることが嫌で逃げたわけじゃなかったし、万貴も本気でそう思ったわけではないようだが、身動ぎした洸の腰を万貴がぴしゃりと軽く叩いた。

「でも……そうだな、もういいか」

そう言った万貴の手で、洸は今度はベッドに腹ばいにされた。その腹を持ち上げられると、両腕が後ろで戒められているので、膝の他には肩と頬で自分の体を支えるしかない。

高く腰を掲げられる格好になり、脚を開かされて、きっと万貴からはもう何もかもが丸見えだ。

「ま、万貴、この格好、恥ずかしい……」

「みたいだな。こんな、糸引いて」

万貴の手が洸の腹の方に回る。洸のペニスの先端からはまただらだらと先走りが零れて、シーツと繋がるようにそれを濡らしている。

（万貴は……）

自分ばかりがこんな姿をさらしているのは、洸だって嫌だ。気持ちよくなりたかったけれど、一人では何の意味もない。

そう思って振り返ろうとした頭を、万貴に上から押さえつけられた。

「心配しなくても、ちゃんと、痛くしてやるから。——あんまり大きな声出したら駄目だぞ?」

さっき指で触れられていた窄まりに、ぐっと、熱いものが押しつけられる。それが何かを認識する隙を与えられず、体の中に無理矢理押し入られ、洸は全身を強張らせた。

「ん……ッ、う……」

ぎちぎちと中が軋む感じがする。痛くて苦しくて、目の前が暗くなる。気づくと固く目を閉じていた。

万貴は何の遠慮もなく洸の中に入り込んでくる。

（そうだ、万貴の……）

熱の塊のようなものに犯されている。

だったら万貴は、洸に触れる間に、自分も昂揚していたのだ。

そう理解した途端、洸の中で痛みの何割かがはっきりとした快楽に変わった。

「き……もちいい、万貴……」

それでも苦痛の方が勝っていて、勝手に涙が零れたが、洸は絞り出すような声で万貴に伝えた。

宥めるように、万貴の掌が洸の腿や腰を撫で、洸は大きく身震いした。万貴の仕種が純粋に心地よく、洸は強張っていた体から少し力を抜いた。

そのタイミングを狙い澄ましたように、万貴が力ずくで洸の中に押し入ってくる。

熱いもので体の中を貫かれ、痛みで叫び出しそうになりながら、洸はぞくぞくと全身を震わせた。

「あ……ん、ぁ……、あ……！」

絞り出した声は、どうしようもない快楽に堪えられないような響きになる。

実際、そのとおりだった。

た。

「……悪い子だな、洸は」

上手に力が抜けたので褒められると思ったのに、万貴には意地の悪い口調でそう言われた。

それで洸が喜ばないはずはなかった。

◇◇◇

夏休みに入った頃、洸はしばらくぶりに杉井と会った。洸はボランティア団体の事務所から出てきたところで、杉井はこれから向かうところだったらしく、建物の前で行き合った。

「あれ……おまえ、洸……？」

しばらくぶりとは言っても、たかが二ヵ月足らずのブランクなのに、杉井が不思議そうに訊ねてくるから洸は笑ってしまった。

「そうですよ、何でそんなあやふやな感じなの」

笑う洸を、杉井が眉を顰めて見ている。怪訝そうな表情のままだ。

「おまえ、何か顔変わった？」

「いや変わってないし。本当に大丈夫ですか、章介さん」

「顔っつーか、雰囲気っつーか……」

言われて洸は自分の姿を自分で見下ろして見るが、何の変哲もないシャツにジーンズにスニーカーだ。不思議がられる意味がわからない。

「事務所でも驚かれたんだけど、何だろ？　やたら『彼女できた？』とか、ニヤニヤされるし……」

「……できたのか？」

こわごわ問われて、洸は呆れた顔で杉井を見返した。

「できるわけないじゃないですか」

「……そ、そうか、……まあいいや」

杉井はとても善良なのだろう。何か言いかけたが、ゆるく首を振り、その言葉を呑み込んだ。

洸は軽く首を傾げたが、特に追及はしなかった。

「事務所に用事だったか？」

「はい、改めて正規会員で登録しようと思ったから、書類もらいに」

「えっ」

杉井が驚いた声を上げる。

「おまえ、辞めるんじゃなかったのか？」

「え、何で？　辞めないですよ。せっかく楽しくなったとこだったし」

「でも——天川は、嫌がってるだろ？」

またおそるおそるのように問われて、洸は微笑んだ。

「嫌がってるけど、従う必要もないから」

なぜか杉井にぎょっとされた。

「……おまえ、何か前より天川に似てきたな……」

「そうかな？」

また首を捻る洸を、杉井が相変わらず眉を顰めたまま見てから、再び口を開いた。

「最近、天川から全然洸の話を聞かないんだけど」

「あれ、そうなんだ」

「……おまえら、喧嘩別れしたとかか？」

「兄弟なのにどうやって別れるんですか。馬鹿ですか章介さん」

「っ、本当におまえのものの言い方、兄貴にそっくりな！」

「仲よくしてますよ。俺がこの書類持ってるの見たら……また万貴にいっぱい叱られるなあ……」

「……」

万貴に叱られる時のことを想像して、うっとりする洸を、杉井がこころもち身を引くようにして見ている。

「……いや、でも、おまえらが幸せならいいよ、俺は関係ないし……」

「万貴と、あゆみさんも一緒に四人で遊びに行こうかって話してたんだ、そういえば」

「は⁉」

「あゆみさんは別にいいって」

「え、嫌だ、俺は嫌だ」

「それじゃ俺、これから夏期講習もあるから」

「ちょ」

杉井が背後で絶句していたが、洸は構わずそれを置いて、駅の方へ向かった。宣言どおり、予備校の夏期講習へと向かう。

万貴は高三の夏期講習しか通っていなかったので洸もそれを真似たかったが、張り合って志望の大学に落ちたら馬鹿みたいだしと、夏からずっと通うことに決めた。

（なりふり構ってられないし）

万貴とはうまくやっている。

家の中で二人きりでいる時、洸が万貴に触れていない時間がないくらいだ。

両親と顔を合わせる時はいつも後ろめたかった。その後ろめたさがあるのがいいよね、と言ったら、万貴が体を揺らして大笑いしていた。

万貴がこのまま周囲に対して『天川万貴』としての印象を壊さずにいるつもりなら、洸はそれに従うだけだ。

洸は万貴を真似ているだけで、別に自分と彼のことが誰にどうバレても構わないと思っていたが。

(でもそれで万が一万貴と引き離されたりしたら、めんどくさいし)

でもまあバレて全部が壊れる方が難しいよな、とも思う。

万貴は相変わらず何に対しても完璧だったし、そこに自分が荷担して、上手くいかないことがある気がしない。

(壊してみてもおもしろいかもしれないけど——)

そう考える自分の方が、どこか壊れているのかも、とちらりと思ったが、すぐに忘れた。

洸も今までどおり、一生懸命勉強して、身なりを整えて、いい子でいられるように頑張るだけだ。

そう決意したおかげで、予備校に着いてから、なかなか実りのある夏期講習を受けられた。

講義の間は忘れられていた焦がれる気持ちが、教室から一歩出た途端に沸き上がる。洸は急いで予備校を出ると、走って自宅へと帰る。

夏休みだが平日なので両親はもちろん仕事、万貴は、洸の夏期講習が終わる時間くらいにアルバイトを終えて家に戻ると言っていた。

逸《はや》る気持ちで玄関の鍵を開けると、内側からはロックがかかっておらずにすんなりドアが開く。玄関には万貴の靴。毎日こうなのに、洸は今日も胸一杯に喜びを感じた。

ドアの開く音を聞きつけたのか、居間から万貴が顔を覗かせる。

「おかえり、洸」

声をかけて、万貴が笑う。万貴の微笑みには、洸と二人きりでいる時、他の人の前では決して見せない色が滲んでいる。

「ただいま」

そのことも嬉しくて、洸は万貴によく似た顔で笑いながら、万貴の方へ駆け寄った。

可愛い弟のしつけかた

(何で？)

その疑問符ばかりが頭の中に浮かんでいた。

部屋の中に誰もいない。自分の部屋ではなく、万貴《まき》の自室だ。

そのベッドの上で、洸《こう》は横向きに寝ている――というより、起き上がれない。

両腕が背中に回され、右手首と右足首を、左手首と左足首を、布の紐《ひも》で繋がれている。

手足同士を繋ぐ紐の間には少しゆとりがあったので格好自体は苦しくないが、とにかく、自力で起き上がってベッドを下りることができない。

そしてここは万貴の部屋なのに、万貴がいない。

エアコンの稼働音だけが低く響いていて、あとは自分の呼吸する音が聞こえるくらいだ。

(何で？)

布紐で括られている洸は衣服をまとっていなかった。全部取られてしまった。脱がされた服は目に入る範囲にない。万貴が部屋を出る時、汗をかいたから洗わないとな、と言って、多分脱衣所に持っていった。

エアコンの電源は入っているが、冷房ではなく除湿モードになっていて、部屋の温度は結構高い。もう真夏だ。おとなしくしていても、服を着ていなくても、肌がじっとり汗ばんでくる。

何で、と洸は半泣きでまた考えた。何で俺、今こんなことになってるんだろう？

――遡《さかのぼ》れば一時間前くらいから始まった。

ボランティアの事務所に寄って正規会員の申し込み書をもらい、予備校の夏期講習を受ける合間に記入し、帰宅した。

家にはアルバイトを終えた万貴だけがいて、両親の目はなく、洸は思う存分万貴にくっついて過ごした。一緒に夕食の支度をして、食べ終えたら洸がコーヒーを淹れてソファでまたくっついて座り、ちょうど万貴が観ておもしろかったという洋画がテレビでやっていたので一緒に眺め、でも洸は映画より万貴の顔や体を見たり触る方が楽しくて、途中からはテレビそっちのけで万貴にまとわりついた。

万貴は自分の体にしがみついたり、首に噛みつこうとする洸を、最初は「はいはい」と笑って適当にいなしていた。いい加減にあしらわれている感じがどうもおもしろくなくて、洸は万貴の視界を塞ぐように、相手の脚に乗り上げ、正面から抱きついてキスしたりと、邪魔をした。

万貴は別に怒りはしなかったが、笑いながら洸を床に突き落とし、びっくりしている洸を踏んで、動けなくしてきた。

長い脚を組んだ万貴に、下になった方の足の裏で背中を踏み躙られ、洸は相変わらず驚きつつ、「これはこれでまあいいか」と床に俯せていた。

そのうちどうも、寝てしまったらしい。気づけば背中を踏む脚の重みはなくなり、テレビの電源は落とされ、万貴の姿自体居間に見えなくなっていた。

少し焦って万貴を探すと、風呂にもトイレにもおらず、二階の万貴の部屋も空で、まさか自分を置いて出かけてしまったのかとさらに焦りながら自室に向かうと、万貴がいた。万貴は洸の部屋で、洸の学習机に置かれていたはずの紙切れを手に、じっとそれを眺めていた。

彼が眺めているのが何なのか瞬時に悟り、洸はほんの少しだけ、唇を笑みの形に持ち上げた。

「それ、保護者の印鑑が必要だっていうから」

あとで居間のテーブルに置こうと思っていたものだった。万貴が嫌がっているボランティア活動を本格的に続ける、とわかった時、相手がどんな顔になるか、どんな反応を示すか、考えると洸は妙に楽しくて仕方がなかった。また『そんなことをしている時か』とお小言を言われるか、あるいは興味のないふりで洸を傷つけようとするか、あるいは――。

「そうか」

期待する気持ちで見守っていると、万貴は洸の方に視線を遣って、少し笑った。

これは興味のないふりで突き放す方かな……と洸が思った時、万貴がいつもみたいに穏やかで綺麗な笑みを浮かべたまま、申し込み書をゆっくり縦に引き裂いた。

「え？」

さすがに、これは予想外だった。洸は驚いて目を見開き、万貴は単に菓子の包み紙でも破ったような上品な態度で、申し込み用紙を机の上に戻した。

「そ……そんなことしても、また用紙をもらいに行けば、いいだけなんだけど」

動揺しつつ、それを表に出してしまえば万貴の目論見通りだということは理解して、洸はなるべくいつもと変わらない口調で言った。

「洸がやりたいと思ってるなら、俺は別に止めないよ」

顔色も表情も変えずに万貴が言う。万貴は笑ってるのに、洸はどうしてか背中にじっとりと汗をかきそうな気分だった。

「でも、紙、破いて……」

「またもらいに行けばいいんだろ？」

「そうだけど、じゃあ、何で」

「俺が嫌だなと思ったから」

「う……」

これも予想外だった。まさか万貴が直球で『嫌』などと言うとは、思ってもいなかった。

洸は咄嗟に返す言葉を思いつけず、無意味に声を漏らしたりした。

「俺は嫌だな。せっかく夏休みでいっぱい洸を構ってあげられると思ったのに、肝心の洸が家にいないいんじゃ」

「で、でも、万貴だってバイトとか、勉強とか、友達と出かけるとか、旅行とか、するじゃん……」

洸がボランティアを続けようと決めたのは、それ自体に興味があったこともちろんだが、万貴が夏休みの間に数回泊まりがけの旅行を友達とすると両親に伝えていたからだ。他にも、例年通りの過ごし方であれば、大学だけではなく小中高で知り合った友人からひっきりなしに連絡が来て、出かけてしまう。

今年はもしかしたら自分と二人でゆっくり過ごしてくれるかも、という洸の期待は、夏休みに入ってすぐ裏切られた。結局万貴はいつもと同じだ。変わったことがあるとすれば、前より杉井《すぎい》を連れてくることが減ったくらいだろう。万貴が呼ばなくなったのか、杉井が誘いに応じなくなったのかは知らないが。

「俺だって夏期講習は受けるけど、その他は万貴に遊んでもらえるかなって、楽しみにしてたのに」

その当てつけというつもりではなかった。ただ、万貴が思うとおりに振る舞っているのに、自分はただ相手を待つだけなどというのが、不公平だと思ったのだ。

（多少は、また万貴が不機嫌になったら、楽しいなって思ったけど……）

自分のことで、あの万貴が、嬉しそうにしたり苛立ちを顕わにしたりする。自分の存在が相手に与える影響というものを考えることが、ここのところ洸をぞくぞくさせて止まらなかったのだが。

案外素直に、はっきりと嫌だという主張をされて、洸は目論見に反して、自分の方が動揺してしまった。

「そっか。ならなおさら、ボランティアなんてやらずに、ずっとこの家で俺の時間が空くのを待ってればいいのに」

「そんなの、それこそ、俺だって嫌だよ。どうして俺だけが万貴を待ってなきゃいけないの？」

万貴に反抗することで、相手の感情を揺らしてやるつもりが、結局自分ばかりが揺らいでいる。洸はそれが悔しくて、万貴の方に近づくと、二枚に割かれた申し込み用紙を乱暴にぐしゃっと掌の中で丸めた。

「洸」

その拳を、万貴がそっと上から指で触れる。見上げると、宥めるように頬に唇をつけられた。完全にあやすような仕種で、洸は一瞬カッとしかけたのに、次に唇にも優しくキスをされて、結局腰砕けになってしまう。

「……ん……」

目を閉じ、万貴の唇の感触を味わった。万貴の触れ方は優しくて、ひどく慈しまれている気分になる。洸の心と体の両方が喜びに満ちて、気づけば、相手の背中に両腕を回していた。夢中で万貴と接吻けを交わす。

長い間そうしていて、万貴が唇を離した時は、声の混じった溜息が漏れた。自分で聞いていても、気持ちよさそうな、満足そうな響きだった。

「ごめんな、洸、俺が洸以外の人と一緒にいるの、洸は嫌なんだもんな」

頬を撫でながら優しく問われて、洸は考えるより先に、こくりと素直に頷いてしまっていた。

「やだよ……万貴は、俺のなのに」

呟くと、万貴の顔が綻んだ。可愛くて仕方がないものを見る目で見られて、洸は気恥ずかしかったが、やっぱり嬉しかった。

「俺の部屋、行くか？」

耳許で訊ねられ、低くて甘い囁きに身震いしながら、もう一度頷く。万貴の部屋には、未成年の洸には買い辛いコンドームとか、ローションとか、それ以外のどこで仕入れるのか洸にはよくわからない道具がこっそり隠してある。

両親不在の時間、キスをしたり触れ合ったり、場合によっては手や口でお互いの性感を高める行為をすることは、洸の部屋でも階下のどこか、居間なり風呂場なりですることも多い。なのにわざわざ万貴の部屋に行くというのは、だから、そういう意味だ。

(昨日もしたから、今日は、最後まではしないかと思った)

始めに万貴を体に受け入れた時、乱暴なやり方だったせいで、洸はのちのち大変だった。別に痛かったとか辛かったのが大変だったわけじゃない。万貴にその場所の様子をまじまじ観察され、薬を塗られる日々が、恥ずかしいし、恥ずかしいのに体は勝手に反応して、なのに挿入はしてもらえないという日々が大変だったのだ。

それからも万貴は、無茶をしたあとは数日間洸を労《いたわ》って、連続で自分を受け入れさせるようなことはせずにいる。洸は別にいいのにと思うのだけれど、万貴は「洸が使い物にならなくなったら困るだろ」と言い、たしかに困る気がしたので万貴に従っている。

でも今日は、また万貴にしてもらえる。

洸は期待で胸を一杯に膨らませて、万貴に腰を抱かれるまま、その部屋に移動した。万貴の部屋に入ると、我慢しきれなくて、洸の方から万貴の首に両腕を回してキスをねだった。望みどおり、万貴はすぐにまた深い接吻けを施してくれる。

（今日は、甘やかす日だなあ）

万貴は洸を言葉や道具でいたぶる時と、とことん甘やかして優しく扱う時がある。どちらも最終的には洸がぐちゃぐちゃに泣かされる羽目になるのに違いはないし、洸はどちらも好きだった。昨日は嫌がる洸の体に電池で動くグロテスクな形の玩具を突っ込まれ、万貴のがいいと泣きながら懇願したのにその玩具でイカされ、堪え性がないことを優しく詰られ、玩具を使った時間の何倍もの間、万貴のものを受け入れさせられた。もちろん洸はそれで幸せだったが、体の方がついていかなくて、途中で何度か眠ってしまったというか、失神してしまった。中と同時に、胸もいたぶられたのだからたまらなかった。最初に使った木製のクリップよりも強いバネのあるもので、しかも片方だけ、形が潰れるくらい摘まれて、片方は万貴の指で優しく撫でられて、延々と後ろから突かれる時間は本当に悪夢みたいに気持ちよかった。

——だから今日は、ひどいことはせず、甘やかしてくれるつもりらしい。

万貴は洸をベッドに並んで座らせて、腰を抱いて、唇や耳や首筋にキスを繰り返したり、髪を撫でたり、とにかく優しかった。

洸が万貴の胴にぎゅうぎゅう抱きつけば、笑いながら背中を抱き返してくれて、体よりも心が満たされるような触れ合いが続く。蕩《とろ》けるような気分で、万貴に体を委ねていた洸は、途中でふと違和感に気づいた。手足がうまく動かない。——とはいえ万貴に手や足を拘束されることは最初から珍しくなかったので、抵抗する気など微塵も起きなかった。

「今日は甘やかしの日だと思ったけど、違うのかな？」と、それはそれで別の期待にドキドキしたくらいだ。

本格的に何かがおかしいと思ったのは、服もすべて剝ぎ取られ、手足を括られたあと、万貴がベッドを下りた時だ。

万貴の方はといえば、髪筋一本乱れていない、涼しい姿だった。

「え……万貴……？」

万貴は欠片の昂揚も淫靡《いんび》さもない目で、軽く首を傾げて弟を見下ろしている。

「思い出した。今晩、バイトの人たちと飲みがあったんだ」

「……え⁉」

「ちょっと、出かけてくるな。間に合えば終電で帰ると思う」

「え、待っ……、万貴、万貴⁉」

愕然として名前を呼ぶ洸に、「いってきます」と涼しい顔で言い置いて、万貴は財布と携帯電話だけを手に自室を出ていってしまった。まさか、と蒼白になっていると、本当に万貴が家を出ていく音が聞こえる。

「……嘘……だろ……?」

終電には、と言ったって、もう十時を回っている。そろそろ両親も帰ってくる頃合いだ。後ろ手に括られた紐は洸には外せない。万貴の部屋にこんな格好でいるところを見られたら、言い繕いようがない。

それより何より――万貴に置いていかれた、という事実に、洸は本当に心の底から愕然となった。

(何で?)

それから二時間ほど、洸は呆気に取られたまま、万貴の部屋のベッドの上に転がっている。

(もう、無視とか、しないと思ったのに)

以前ボランティアに関して口を出すなと突っぱねた時は、頑張れ、と笑ってあとは放置された。

そういうやり方を、万貴はもうしないだろうと、洸はどこかで思っていた。その必要がないからだ。万貴は洸を叱っていいし、不機嫌を顕わにしていいし、そういう万貴に従わずにいること──あるいは従ってやることで、洸は自分が万貴のもので、万貴が自分のものであるという実感を味わえると、そう考えていたのに。

（こんなのやだ……）

両親はついさっき帰ってきた。息子たちが起きていれば大抵両親のところに顔を出すから、反応がなければ眠っていると判断されるだけで、部屋までは来ない。それでも洸は階下で物音がするたびにビクビクして、せめて毛布をかぶれないかと悪戦苦闘した。どうにかそれを体に巻きつけることはできたが、何も身につけていない肩や脚は剥き出しだったし、見られれば怪訝に思われることは間違いない。

（でもそんなのいいから、万貴、早く帰ってきて……）

自分は独りぼっちでこんな格好をしているのに、万貴は今アルバイト先の仲間と楽しく酒を飲んでいると考えたら、どんどん惨めな気持ちになってくる。万貴は始めからそのつもりで洸を部屋に誘い、そして置いていったのだ。

自分ばかりその気だったのもまた、情けなくて恥ずかしい。洸はすっかり万貴に抱いてもらえるものかと思って疑わなかった。万貴はまったくそんな気配もない涼しげな様子だった。

「もうやだ……何でだよ……」

口に出して呟いてみると、より一層惨めになり、ぼろぼろ涙が零れた。万貴に手加減なく体を嬲られようが、意地の悪いことを言われて半泣きになろうが、それが他の人には決してやらない特別なことだとわかるから、洸はむしろ嬉しかったのに。

でもこんなのは違う。あんまりひどすぎる。

啜り泣くうちに疲れてきて、洸はうとうとと微睡《まどろ》み始めた。

それでも玄関のドアが開き、誰かが二階に上がってくる気配を察して、パッと目を覚ます。

部屋のドアを睨んでいたら、思ったとおり、万貴が姿を見せた。もう午後二時を回っている。何が終電までには、だ。

万貴は洸を見るなり、おかしそうに笑った。

「また、ブッサイクだなあ、洸」

両手が自由だったら、万貴の綺麗な顔に枕や辞書を投げつけるか、あるいはベッドを飛び降りて殴りかかっていただろう。

そうでなくても、いろいろ言いたいことはあったのに、口を開いた途端どっと涙が溢れてきた。

「ひ……っ、……ぅ……」

泣き喚いたら万貴の思い通りになってしまうとわかっていても、泣き声が止められない。泣きじゃくれば万貴が抱き締めて宥めてくれるかもしれないという計算が、どこかにあったかもしれない。

だが万貴はおかしそうに含み笑いをするだけで、洸の方には近寄らず、机の前に置かれた椅子に腰を下ろしてしまった。

「洸さ」

体を揺らして泣く洸に向ける万貴の声音は、慈愛に満ちていると言えるほどに優しい。

「最近ずいぶんと、楽しそうだったよな」

万貴の言う意味がわからないまま、洸はただただ、しゃくり上げた。小さな子供みたいな泣き声になった。

「俺を手に入れた気になってた？」

「――」

「俺が何を考えてるかわかるようになって、自分の思うとおりに俺の気持ちを誘導しよう――とか、考えてたのかな」

啜り泣く声を小さくしながら、洸は万貴の方に目を凝らす。万貴は机に頬杖をついて、相変わらず笑っているようだった。

「そうしたいなら、いくらでも俺を試していい。結局洸はすごく惨めな気分になるだけだと思うけど、俺は止めない」

「……」

「洸は俺のものだけど、俺は洸のものにはならないよ。それでもいいなら、何でもやりな。洸には、洸のやりたいことをやる権利があるからな」

止めようと思っても、洸は落ちてくる涙を止められなかった。

泣き続ける弟を見て、万貴が耐えかねたように肩を震わせ、声を上げて笑った。

「だから――本当に洸は、可愛いなあ……どうしてそこで嬉しそうな顔するんだよ。駄目だろ、それじゃ」

言われて、洸は自分がそんな顔をしていると初めて気づいた。

悔しくて、腹立たしくて、悲しいから、泣きじゃくっていると思っていたのに。

「あーあ、何なら一晩中、放っておこうと思ったんだけどな……」

少しだけ、万貴の声音は不本意そうな響きに聞こえた。椅子から立ち上がり、ベッドの方に近づいて、そこに腰を下ろす。洸は小さく啜り上げながら万貴を見上げた。万貴の手が、びしょ濡れの洸の顔を乱暴に拭う。

「また明日腫れるな、こんなに泣いて」

「……万貴のせいだ……」

「そうだな。俺のせい以外で洸がこんな顔してたら、俺は二度と洸に触らないよ」

「やだ……」

必死に体を動かして、万貴の方に擦り寄る。

可愛くて仕方がない、という気持ちが滲む仕種で万貴が自分を抱き締めてくれるから、洸は結局幸せだった。

（――本当に、駄目だ、これじゃ……全然、万貴に勝ててない）

万貴に初めて抱かれた日から、自分は万貴を手に入れたのだと、どこかで優越感を覚えていた。

もしかしたらお互いの関係の中で、自分の方が優位に立てることもあるんじゃないかと思ってもいた。

でも、違った、結局それ以上に、万貴は洸の考えていることなんてお見通しで、どうすれば洸が傷つくか、喜ぶか、知り尽くしている。

――そしてそのことを、洸は喜んでしまう。

「じゃあ、洸。父さんとお母さんたちが起きてこないように、声を出さずに、頑張ろうな？」

微笑んだ万貴が、洸の体を中途半端にくるむ毛布を優しく剝ぎ取る。

放っておかれた恨み言をぶつけようとしていた唇をぎゅっと引き結んで、洸はこくりと頷きを返す。

それを見ていた万貴が、ふと、困ったような表情で笑った。

「――洸には敵わないなあ」

笑いながら言う万貴の言葉の意味が、洸にはよくわからなかった。

わからないまま笑い返して、洸は泣き濡れて腫れかけた瞼を大人しく閉じて、万貴の熱が自分に触れるのを待った。

Platinum Label

可愛《かわい》い弟《おとうと》のつくりかた

プラチナ文庫をお買いあげいただき、ありがとうございます。
この作品を読んでのご意見・ご感想をお待ちしております。

★ファンレターの宛先★

〒102-0072　東京都千代田区飯田橋3-3-1
プランタン出版　プラチナ文庫編集部気付
渡海奈穂先生係 / タカツキノボル先生係

各作品のご感想をWEBサイトにて募集しております。
プランタン出版WEBサイト http://www.printemps.jp

著者——**渡海奈穂**(わたるみ なほ)
挿絵——**タカツキノボル**(たかつき のぼる)
発行——**プランタン出版**
発売——**フランス書院**
〒102-0072　東京都千代田区飯田橋3-3-1
電話(営業)03-5226-5744
　　(編集)03-5226-5742
印刷——誠宏印刷
製本——若林製本工場

ISBN978-4-8296-2576-7 C0193

プラチナ文庫 Platinum Label

P2553

●好評発売中!●